ランボーをめぐる諸説

尾崎寿一郎

コールサック社

ランボーをめぐる諸説　目次

ランボーをめぐる諸説

はじめに

何か連載をと「コールサック」誌に頼まれ、二〇一三年正月早々着手したのが「ランボーをめぐる諸説」だった。まずエリートむき出しの小林秀雄をさばき、神田の古書街で粟津則雄編『ランボオの世界』と『文芸読本／ランボー』を入手できたことは、書く楽しみを増やしてくれた。詩人・文学者・評論家などかなりの人たちが競うように言及している。「天才」と銘打たれているからもあるだろうが、読み解けないまでも得体の知れぬ詩の魅力に吸い寄せられているのだと見えた。

主な諸説に絞った。日本におけるランボー理解、いや誤読の現況が、ほぼ一望できる筈。拗ねたのが一人いる。「ちんぴら天才というものは、僕とは肌合いがぴったりしない。米塩のしろ（料）として、ランボオの詩を訳したり、彼のことを原稿にして売った若い頃のいたらぬふるまいが、僕がさもランボオの心酔者のように誤解されて、原稿を頼まれたりする。」金子光晴である。「新物《しんもの》買いのケツにくっついて、ランボオの奥歯の歯くそをそそる」ことが嫌いなのだ。金子の反骨心だが、訳詩には誤訳が目立ち、理解する気のない誤読者にすぎない。

二〇一五年夏、『「イリュミナシオン」解読』を刊行。世界で初めてランボー詩に分け入ったもの。それは縦の追跡。『ランボーをめぐる諸説』は、横の追跡となる。言い替えれば、主に東大仏文学者たちとの闘いだった。私の戦中は軍国少年。天皇のために死のうの思いで少年戦車兵を志願したがなれず、軍需工場の駆逐艦などを造る造船会社にいた。戦後は食うために進学など適わず、独学で生きてきた。だから東大出と学歴なしとの闘いである。学者が群れるランボーという舞台が、私に花をくれた。

本にするに当たり、各説に小見出しを立てた。各論者の関心や認識・把握力を明らかにするため、当人の文中から極力取り上げた。そうはいかぬものもあるが、面白い小見出しとなった。小林秀雄の「芸術という愚かな過失」とか、西脇順三郎の「盗み方は超高速度ゆえ不明」など、傲慢な断定やランボーを詩句の盗人扱いにして忌避するうぬぼれ心が鼻につく。逆に言えば、各論者はランボーを前にして知のレベルをさらけ出しているのだ。公にされた言葉は、逃げ隠れできずに自分をも照射するもの。

本書は論者の関心の違いから、ランボーの多岐にわたる言及となった。また海外の諸説も断片ながら織り込まれており、「母音」は女体説とする出歯亀論も俎上にのせた。ランボーの詩は、「読解不能な証明の回路」を通じて「了解可能な地点に辿り着いた」という平井啓之の弁は、訳詩が詩の文脈を読めそうな段階まできたということで、詩意が了解可能ということではない。平井訳は確かにそこまで来ていると言える。

西条八十は「通り魔に憑かれた青春の発作」を読み取り、埴谷雄高は「本体は明らかではないが、彼自身の確信に近づきつつある前ぶれが窺はれる」と捉えている。二人だけがランボーの「内なる他者」に気付いていた。「他者」を理解するには、心理学者ユングの『創造する無意識』を知らねばならない。埴谷雄高の中で、憑依現象がどうして生じるかを、簡潔にまとめて述べておいた。何度でも立ち戻って読んで頂ければと思う。

唯一詩に分け入って解読しているのは中地義和。だがおかしな解釈で、「酔いどれ船」は「酔い痴れた船」とすべきとしたり、「赤肌の登場は出発点が北米大陸である証拠」などと断じている。詭弁を弄した誤読まみれの解説で、諸説の中では最低。勇み立って出発する「酔いどれ船」が、正気のない「酔い痴れた船」になるわけもなく、シャルルヴィルからパリへ詩人を目指す旅で、北米大陸などはなんの関係もない。

ランボー論に火を付けたのは小林秀雄。次いで西条八十、小熊秀雄、中原中也までが戦前の論者。埴谷雄高が敗戦直後。後は一九六〇年以降の論者である。二一世紀に入っては中地義和、粟津則雄のみ。論考は半歩も進展しておらず、ランボー論の世界的低迷もむべなるかなだった。ランボー論が彼の生きざまと詩にまっとうに対峙して、論じられる日がくることを念じながら本書をまとめた。私の論がまっとうであるか否かは、読者の吟味に託すこととする。

1　小林秀雄のランボー

衒学的気負いの間違い文

昂奮の勢いでランボーを高々と掲げたのは小林秀雄である。ランボー詩が日本にまとめて紹介されたのは、一九二〇年（大正九）刊の上田敏訳『牧羊神』だった。上田敏の死後四年のもので、「酔ひどれ船」と「虱とるひと」の二篇。前者は「未定稿」とあったのを、編集者の勇断で掲載された。フランスでは天才詩人と名が高まっていたからだと思われる。

逸見猶吉は一九二二年一五歳の中学生のとき、神田で原書のメルキュウル版『ランボー詩集』を入手し「母音」の翻訳を試みた。翌二三年、二四歳の小林秀雄がやはり神田でペリション版『地獄の一季節』を見付けて夢中になった。安本とあるから「地獄」だけの詩集と思う。小林が「人生斫断家アルチュル・ランボオ」を『仏蘭西文学研究』第一号に載せたのは一九二六年一〇月。東大卒後の評論活動の第一歩で、衒学的な気負った文であった。

この孛星《はいせい》が、不思議な人間厭嫌《えんけん》の光を放ってフランス文学の大空を掠《かす》めたのは、一八七〇年より七三年まで、十六歳で既に天才の表現を獲得してから、十九歳で、自らその美神を絞殺するに至るまで、僅かに三年の期間である。(中略) 今日、十九世紀フランスの詞華集に、無類の宝玉を与えている事を思う時、ランボオの出現と消失とは恐らくあらゆる国々、あらゆる世紀を通じて文学史上の奇蹟的現象である。

(中略) 彼がその脳漿《のうしょう》を斫断《しゃくだん》しつつ、建築した眩暈《げんうん》定着の秘教は、少なくとも私には晦渋《かいじゅう》なものである。この小論は勿論研究と称せらるべきものではない。ランボオを愛した者の一報告書に過ぎないのである。


孛星は彗星。厭嫌はいやがり嫌う。脳漿は脳みそ。斫断は断ち切る。眩暈は眼がくらむ。晦渋は文や語句が難しくて意味がよくわからない。この前文にあるのは、ランボーの詩は他に例のない宝石であり、あらゆる国や世紀を超えて語り継がれる奇蹟であること。だが彼が強烈な否定の精神で築いた詩の楼閣の秘密は、私にはよくわからない。これは研究書ではなく、ランボーにのめり込んだ者の報告書だと言っている。

報告書にしては、わかったつもりの批評的断言が散在している。ランボーを「人間厭嫌の光」を放った者と括るのは粗雑。積極的人間回復を目指して詩を書き、パリ詩壇の拒絶に遭って罵倒を発し、詩を捨て詩壇に背を向けた者だ。二〇歳までの四年間である。詩を捨てたのは二一歳だった。美神を絞殺も誤まり。パリ詩壇の女や花を追いかける芸術至上の美を、こきおろしたのが詩の事実。

「彼がその脳漿を斫断しつつ」は小林の得意然たる文体だが、その脳みそを断ち切りつつでは何事も出来まい。その脳みそで断ち切りつつなら文意はつながる。題「人生斫断家アルチュル・ランボオ」は、人生の強烈な否定者ランボーの筈である。

彼がその脳みそを強烈に否定しつつと言い替えてみても、頓珍漢な文。彼がその脳みそで強烈に否定しつつ、でやっと文意の通じる道に出る。

唯脳論の如き宿命と虚無

本文中にも多々間違いはあるが捨てておく。評者の把握の断言めいたものに触れる。宿命というものは転がってるものでも、挑戦するものでも、支配できるものでもない。脳の中で壊滅し再生するあるもののようだ。独創の本質は宿命の中にこそある、とまず述べる。まるで唯脳論の如き宿命論だが、宿命は「壊滅し再生するあるもの」などではない。個々に明解なものと一般的には言える。その後に続いて、

創造というものが、常に批評の尖頂に据《よ》っているという理由から、芸術家は、最初に虚無を所有する必要がある。そこで、あらゆる天才は恐ろしい柔軟性をもって、世のあらゆる範型の理智を、情熱を、その生命の理論の中にたたき込む。勿論、彼の錬金の坩堝《るつぼ》に中世錬金術士の詐術はない。彼は正銘の金を得る。ところが、彼は、自身の坩堝から取出した黄金

に、何物か未知の陰影を読む。この陰影こそ彼の宿命の表象なのだ。

と述べている。創造がすべて「批評の尖頂に据っている」とは言えない。ただ天才の創造は、批評などの及ばぬ高みにあることは確かだ。その高みにあるという理由から「芸術家は最初に虚無を所有する必要がある」と断じる。虚無はむなしさ、または囚われる何ものもないこと。それが高まれば既成秩序や価値の否定が強まる。既成秩序に保身する芸術家は沢山いる。天才的芸術家は既成秩序や価値を否定するに至る虚無を最初から所有する必要がある、と言ってることになる。

天才とは、生まれつき持っている真似の出来ない優れた才能とされている。私の観点からすれば、生まれ持った素質の上に、生きる上での現実との葛藤の中から生ずる超越的な才能となる。葛藤のない者に、現実を超越する才能は生じない。ニーチェ、ランボー、宮沢賢治、逸見猶吉などには、他者にはない葛藤とずば抜けた創造がある。その創造が発する既成価値の否定は、「所有する必要」があってのものではない。現実との葛藤の中から必然として生じたものである。だから「世のあらゆる範型の理智を、情熱を」ではなく、世のあらゆる規範にない理知や情熱を発揮したものである。見通す力が何もない。

また「彼の錬金の坩堝に中世錬金術士の詐術はない」と保証している。ランボー詩は何が書いてあるのかよくわからぬ、と言う人がである。ランボーの『地獄の一季節』の中には、言葉の錬金術の詐術がある。これは後で触れる。

宿命の括り。「彼は、自身の坩堝から取出した黄金に、何物か未知の陰影を読む。この陰影こそ彼の宿命の表象なのだ」と言う。この漠たる物言いで、宿命のシンボルを言い止めたふりをしている。「未知の陰影」の例示もない。ランボーの宿命は、六歳のとき父に逃げられ母子家庭で育ったことに尽きる。後は詩人になろうと強情に突っ張った運命の坩堝が続いたのだ。

「序詩」の雑駁な断定

ランボーは芸術家の魂を持っていなかった、実行家の精神だった、彼の詩作は象牙の取引と違いはなかった、と仮定を述べ、

しかしかかる論理が彼の作品を前にして泡沫に過ぎない所以は何か。吾々は彼の絶作「地獄の一季節」の魔力が、この作品後、彼がもし一行でも書くことをしたらこの作は諒解出来ないものとなると言う事実にある事を忘れてはならない。彼は、無礼にも禁制の扉を開け放って宿命を引摺り出した。しかし彼は言う。「私は、絶え入ろうとして死刑執行人等を呼んだ、彼らの小銃の銃尾に嚙みつくために」と。彼は、逃走する美神を、自意識の背後から傍観したのではない。彼は美神を捕えて刺違えたのである。恐らくここに極点の文学がある。

雑駁な仮定は論理ではなく、所以《ゆえん》を問わずとも泡沫にすぎない。戦後初期まで『地獄の一季節』を最後の作と思われていたが、その後『イリュミナシオン』の中にそれ以後のものがあると判明している。『地獄の一季節』の後に一行でも書いたら了解出来ないものになるという事実、とは何？「無礼にも禁制の扉を開け放って宿命を引摺り出した」の含みにあるのだろう。

これは『地獄の一季節』の「序詩」を問題にしている。美を罵倒し、正義に抗して武装し、社会から脱出した。魔女、悲惨、憎しみ、世間から排除されたものたちに、ぼくの宝物を託したのだ、という詩句。託した宝物とは、本当の美や正義である。そのアイロニーも読めず、無礼だ禁制の扉だ引きずり出した、と喚いている。「宿命」の概念もあやふや。そして美神と刺し違えたのだと結論づける。

引用句「私は、絶え入ろうとして死刑執行人等を呼んだ、彼らの小銃の銃尾に噛みつくために」は、「序詩」の中段にあるもの。これを美神刺殺の読みに使っているが、全然関係がない。息絶えだえになりながら私を抹殺しようとする者らを呼んだ、彼らの法や道徳（小銃の銃尾）に噛みつくために、という詩意のもの。これは妻子あるヴェルレーヌを離婚騒動に持ち込み、ピストル事件で牢獄入りの不幸に落としめた非難が、ランボーに集中したときのことを述べてるものだ。同様の詩句は「悪胤《あくいん》」の中にもある。

斫断家、兇暴な犬儒派

次に「酩酊の船」を挙げ、一連の「罵り騒ぐ蛮人は、船曳《やつら》等を標的《まと》に引っ捕へ／彩色《いろ》とりどりに立ち並ぶ、杭に、赤裸《はだか》に釘附けぬ」の詩句などから、「彼は、野人の恐ろしく劇的な触覚をもって、触れるものすべてを斫断する事から始めた」と読み取る。そして、

斫断とは人生から帰納することだ。芸術家にあって理智が情緒に先行する時、彼は人生を切り裂く。ここに犬儒主義《シニシズム》が生れる（勿論、最も広い意味においてだ）。ところが、人生斫断家ランボオには帰納なるものは存在しない。彼くらい犬儒主義から遠ざかった作家はないのである。犬儒主義とは彼にとって概念家の蒼ざめた一機能に過ぎなかった。理由は簡単だ。ランボオの斫断とは彼の発情そのものであったからだ。換言すれば彼は最も兇暴な犬儒派だったので、そしてその兇暴の故に全く犬儒主義から遠ざかってしまった。

一連の詩意は、詩を導いてくれた二人の先輩に訣別を告げるもの。それを斫断と見るのはよいが、具体的事例に触れず、帰納だ犬儒派だ発情だ、の衒学的断定は何なのだ。断ち切る・強烈な否定に帰納などはない。孤立があるのみ。シニシズム（犬儒主義）は、古代ギリシア哲学の一派キュニク学派が唱えたもの。徳や幸福や内的自由を尊び無欲と労苦を重んじて、国家や伝統宗教の無価値を主張するものだ。それが俗化して、常識に逆らい冷笑的にふるまう態度に

も使うようになった。「犬儒」という侮蔑は、無欲の結果犬同様の乞食生活をした学者の意。広い意味などに使用できない。小林の犬儒は俗流でしかない。

ランボーの斫断は発情そのものと言い、兇暴な犬儒派だから犬儒から遠ざかったのだと言う。発情は誰にもある。小林自身が中原中也の女を奪い、『地獄の一季節』を懐にして向島の女郎屋へ通っていた。ランボーの強烈な否定は発情ではない。小林も読んだ「見者の手紙」にある思想だ。既成の道徳や価値を破壊し、新しい美や価値を作り出す見者になりたい、という内容である。小林はそれを兇暴な犬儒派と取った。犬儒から遠ざかったとはアフリカ行きを指すのだろうが、それは兇暴の故ではない。パリ詩壇に拒否され、「内なる他者」の消滅により詩を捨て欧州を捨てたのである。

ランボーの見者思想は、手紙にあるように内部に「他者」が巣くってからのもの（憑依現象は『ランボー追跡』を参照）。その「内なる他者」に駆り立てられ、「素顔のランボー」が運命の坩堝にはまったのが詩業のあらましである。『地獄の一季節』は他者と素顔の激しい葛藤の記録であり、「内なる他者」の優れた詩想と傲慢がある。パリ・コミューンを熱く支持し、共和政に反抗。キリスト教の非人間的道徳や価値には最後まで逆らった。小林は「見者の手紙」を理解できなかっただけの話。

輪奐たる伽藍の破砕

次に「時よ来い、ああ陶酔の時よ来い」という「最高塔の歌」を挙げ、「残された道は投身のみである。彼は最後の斫断をしなければならない」と宣う。この詩は、見者を目指し詩に夢中になれる時よ来い、という詩意である。投身・斫断などとは、己れの論法に引き寄せたい愚かな判断。この詩は『地獄の一季節』の「錯乱Ⅱ」の中に、言葉の錬金術の一つとして挙げられたものだが、二度目のパリ滞在時の「我慢の祭」にある「最高塔の歌」が初作である。後の作は、自分に都合よいぼかしの詐術がかけられ、詩意不明となっている。

全生命を賭して築いた輪奐《りんかん》たる伽藍《がらん》を、全生命を賭して破砕しなければならない。恐るべき愚行であるか。しかしそれは、彼の生命の理論であった。「地獄の一季節」（中略）この宝《ほう》匣《こう》は、諸君の好奇を満たすにあり余る宝石を蔵している。彼は錯乱の天使となって悪魔に挑戦した。毒杯を仰いだ異端者として神に挑戦した。しかし、神も悪魔も等しく仮敵であったのだ。この地獄の手帳においては、一切が虚偽である。しかも一切が真実だ。

輪奐は建物が壮大で美しい。伽藍は寺院。宝匣は宝の箱。大仰な文体は、読みの浅さのごまかしにすぎない。諸君の好奇という前に、彼自身がこの宝匣に眩惑され攪乱され、この論考全体が消化したつもりの片意地張った対抗意識で貫かれている。ランボーは全生命を賭して詩を築き、破砕したのではない。人が目を瞠る壮大で緻密な詩の楼閣は築いた。だが強烈な否定は自らの孤立を深め、詩の場を失って捨てざるを得なかっただけだ。否定されたヴェルレーヌがそれを拾い集め、ランボー詩を世に問い直したのである。生命の理論など話にならない。

錯乱の天使、毒杯の異端者は「地獄の夜」にある映像だが、悪魔や神との挑戦ではない。この詩は「内なる他者」と「素顔のランボー」の最も激しい葛藤のもので、素顔が他者を悪魔《デモン》と罵り、他者はおれは魔王《サタン》だと応ずるものだ。「かのすばらしい毒」を飲むのは、素顔が他者を受け入れたことである。それによって詩人になれたが、無惨な結果ともなった。一切の虚無・真実も衒学的はったりである。

詩は敗北覚悟の抗言

最後に『人々はランボー集を読む。そして飽満した腹を抱えて永遠に繰返すであろう。「しかし大詩人ではない」と』と締め括る。ランボーにのめり込みながら誤読を重ね、大詩人に非ずと自評を高く売る。これは報告書でも研究書でもない。前衛的詩精神に食らいついた誤読の見本である。『初期文芸論集』に載せたとき、「ランボオⅠ」と改題された。

ボードレールやランボーに夢中になり、共に影響し合った富永太郎が一九二五年に夭折。その棺に小林はペリション版『地獄の一季節』を入れてやった。三〇年に小林秀雄訳『地獄の季節』が白水社より刊行。「地獄の季節／飾画／韻文詩七篇」を収録。これはペリション編『ランボー著作集』に拠った。末尾に「ランボオⅡ」が載る。「四年たった。（中略）ランボオの姿も、昔の面影を映してはいまい。では私は、今は狷介《けんかい》とも愚劣ともみえるこの小論に、而も、聊《いささ》かの改竄《かいざん》の外、どうにも改変し難いこの小論に、何事を追加しようというのだろう。（中略）私はこの困難を拋棄《ほうき》する」とまず述べている。

歌とは、敗北を覚悟の上でのこの世の定め事への抗言に他ならぬ。ランボオ集一巻が、どんなに美しい象《かたち》に満ちていようとも、所詮、この比類のない人物の蛻《もぬけ》の殼だ。彼は死んだのだ。まさしく永久に。

と割り切り、私を育ててくれた人物だが握り潰す、と訣別を告げる。狷介は自尊心が異常に高く片意地なこと。「ランボオⅠ」は、異常な自尊心に駆られた愚劣な小論だったとまず自認。少し改めたいが改めようもないので放棄する。詩は所詮、敗北覚悟の抗言。詩集がどんなに優れた言葉に満ちていようと、死んでしまえばもぬけの殻にすぎない。文の裏では、私には私の生きざまがあると言っている。

狷介・愚劣に気付いたのはよく、文も平易になったが、自分を高く売る自尊心はまだ健在。投じた一石の小論は文壇にかなりの衝撃を与え、その後ランボー論や研究が増えて行った。その自負がある。だから小論全体が駄目だったとは言わない。詩は敗北覚悟の抗言に他ならぬ、ものなどは少ない。ボードレールは確かに人生上敗北した。しかし詩の抗言は熱く受け継がれた。ランボーも敗北ではなく、小林の言う斫断、強烈な否定だった。詩は未だに問題を提起している。詩人が死んでも優れた詩はもぬけの殻とはならない。それもわからぬ物言いは、批評家の詐術にほかならない。

芸術という愚かな過失

小林は二九年に「様々な意匠」で懸賞評論二位となった。左翼文学と対決する位置をとり、創造的批評の道へ踏み出していた。敗北覚悟の抗言の言葉の裏には、私は世の定め事に逆らわぬの含みがある。当時の日本は左翼と右翼の台頭が激しく、満州侵略の動向もあらわな時代になっていた。

ランボオ程、己れを語って吃《ども》らなかった作家はない。痛烈に告白し、告白はそのまま、朗々として歌となった。吐いた泥までが晃《きらめ》く。彼の言葉は常に彼の見事な肉であった。如何にも優しい章句までが筋金入りの腕を蔵する。ランボオ程、読者を黙殺した作家はない。彼は選ばれた人々の為にすら、いや己れの為にすら歌いはしなかった。ただ歌から逃れる為に、湧き上ってくる歌をちぎりちぎってはうっちゃった。彼程短い年月に、あらゆる詩歌の意匠を兇暴に圧縮した詩人はいない。人々は彼と共に、文学の、芸術の極限をさまよう。

表面的把握でしかないが、訳を終えた後の素直な感想ではある。しかし選ばれた人や自分のために詩《うた》わなかったとは、詩が読めていない証拠だ。「烏たち」は王政と闘った社会主義者を、「酔いどれ船／母音」にはパリ・コミューンの闘士を「悪胤／地獄の夜／錯乱Ⅱ」には自分のことを詩っている。『飾画』には兇暴さが消えているのに言及がない。そして人々は彼と共に芸術の極限をさまよっているがいい。「だが、もはや私には、彼に関するどんな分析にも興味がない」と手を払う。

最後に、ランボオの三年間の詩作はすばらしい知性の血戦にすぎない。かなぐり捨てられた残骸の歌だった。芸術という愚かな過失を、未練もなく振り切って旅立った。彼の過失は私の心を充分に攪拌した。彼が私にくれたのは、夢を見るみじめさだ。これ以上の教えに、私の心が耐えないことを承知している。と吐露している。

ここでも三年間と誤認。かなぐり捨てられた残骸、芸術という愚かな過失、の理解度が哀れ。どんな夢を見ようとしたものか。富永太郎と共に天才詩人に飛び付き、ヨーロッパの先端を高々と掲げてみせる思いではあった。気負いのあまり誤読を重ね、一切が虚偽で一切が真実のわけのわからん小論となり、一通り翻訳はしたが、これ以上兇暴な詩句と係わるのは耐えられなくなった、のが経緯であったと思われる。

ランボー、ボードレール、アランなどを翻訳・紹介した小林は、ヨーロッパの近代を移植する志があった。アランの『精神と情熱とに関する八十一章』は、一九三六年に創元社より刊行。人間の意志尊重の合理主義の哲学論集である。しかしこの年は二・二六事件が生じ、軍部・右翼が世を覆う時代であった。左翼と対決した小林は、軍部・右翼と対立せず、さり気なく保身を始めて行った。『本居宣長』の着手は三九年からである。四二年には「近代の超克」の討論に先立って参加した。

中村光夫は、小林は合理主義者だが、泉鏡花や幸田露伴を愛した反近代の継承者と見ており、夏目漱石と同じ人だと言う。漱石には厳しい葛藤があった。小林に現実との葛藤などはない。エリートの優越感が目立つばかりだ。ランボーの詩精神に敗北した後、ぼろを出すまいとした保身の人だった。

2　小熊秀雄のランボー

反宗教的悪魔の神の子

小林秀雄訳『地獄の季節』を読んだ熱い反応が一つある。前奏社の『詩精神』第二巻第八号、一九三五年九月発行に載った小熊秀雄の「アルチエル・ランボーに就いて」だ。札幌の小熊研究家八子政信さんがコピーを送ってくれた。九〇〇〇字余の論文。小林の「人生斫断家アルチュル・ランボオ」に何も触れていないから、それは読んでいない。でも初めて翻訳された散文詩「地獄の季節／飾画」は、かなりの波紋をもたらした様子が文脈の端々からわかる。

小林のランボー詩訳が名訳か否かはわからない。だが何を調べても見当のつかぬ固有名詞や造語のある詩を、ランボー風な我儘な態度で訳してくれたので、かえって原作の味を伝えてくれ、表現の明晰さもあって私にとっては名訳、ランボーの精神を知ることができた、と絶賛。幾度も読み返したとのことだ。

こゝに一文を草して読者に伝へたいといふのは、ランボーを形而上学的な怪物詩人として、あるひはブルジョア詩人や評論家の担ぎ回ってゐる象徴派詩人としての彼ではない。唯物主義的詩人としてのランボーであり、弁証法的詩人としてのランボーであり、社会主義的詩人としての彼であり、パリ・コンミュンに参加したランボーである。

とし、ランボー紹介は一九三〇年二月『詩神』のアルチエル・ランボウ号の混沌たる訳者たちの説のほか、ポール・クローデルのランボーの本質はキリスト教徒説まで流布しているが、返して言えばランボーはまさしく反宗教的悪魔としての神の子である、と言っている。

弁証法的詩人とは言えない。ランボーに憑依した「内なる他者」の掲げた見者を目指す詩論は、鋭くはあっても独善的なものである。パリ・コミューンに参加は間違い。訳者の間違いではなく、フランスのランボー研究の間違いである。友人ドラエーがランボーの四度目の出奔を語り、パリ・コミューンの義勇兵になったとの思い出話によるもの。しかし小林秀雄が、どんなに美しい映像に満ちていようと当人が死んでしまえば抜け殻だと訣別した詩集から、小熊はランボーの精神を知ることができたと明言。その精神を進めぬ者と進む者との位相の差である。小熊は同年六月に長篇叙事詩『飛ぶ橇《そり》』を刊行した。

豊富な詩精神の苦悩

小林訳は私も眼を通した。一見合理的に冷静を保っているようだが、詩意を読み取っての訳とは言い難い。だから小熊も「人間の事業、これが折々俺の深淵に光を放つ爆発だ」の題

「光」の詩句に、「彼のより人間的な事業に愛着を示してゐる良い言葉である」と誤読している。西条八十訳では「人間の労働！ それは折々おれのいる奈落を稲妻のように照らしだす爆発だ」とある。他訳も「労働」が大方だ。詩を書いていた期間、ランボーは労働から逃げていた。西条訳がランボーの心に近い。

次に「冬が慰安の季節なら、俺には冬がこわいのだ」の題「別れ」の詩句に、「彼の社会環境への不撓不屈のたたかひの宣言を述べたものであり、彼はあらゆる場合に慰安を求めてゐない。一貫して反逆のコースをとってゐるし、一見ランボーは虚無的にも見へ、なまけものに見へるが決してさうではない」と。これは思い込みにより誤読している。湯浅博雄訳では「そして、ぼくは冬を怖れている、というのも冬は安逸の季節だからだ！」とある。安逸の季節は言葉の詐術で、ランボーは行動を制約する冬を怖れたのが実態だった。反逆は一貫しており、詩作には励んだが、労働にはなまけ者だった。

しかし小熊は、ランボーは慰安を求めず、一貫して反逆、なまけ者のようでそうではなかった証しとして、

『ああ、懶惰《らんだ》、「親しい肉体」と「親しい心」の時よ』

といふ彼の言葉もそのことを雄弁に語ってゐる。僕はランボーの精神上の懶惰は認めることができる。しかしこの精神としての思索過程が、究極のところで自己の肉体的なところへ

還元してゐる点が、もっともランボーの文学の人間的表現としての強い現実観を我々に与へるのだと思ってゐる。

愉快なことにはランボーは精神の豊富なことに苦悩してゐる。実にうらやましい限りである。バルザックも相当精神が豊富な作家であるが、彼は精神の豊富さに悩むことをしなかった。遊ばすことができたからである。そこが散文家の得な点である。ランボーの不幸は詩人であったからである。（中略）詩人といふものは大体に、作品以上に生活の上で、身をくねらして七転八倒して苦しむものである。

と記している。「ああ、懶惰」の引用句は『飾画』にある題「少年時」のもので、親もなく諂《へつら》う人もない気高い混血の少年が、森のはずれの少女を思い、海のほとりの貴婦人や黒人の女やトルコの后《きさき》、傍若無人の王女や不幸な女たちを思い描いた内容の後に、心情の表白としてぽつんとある詩句である。多感な発情期の夢を追う少年の、なまけ心とほてる肉体が親しい、という詩意のものだ。

小熊は詩意を読めぬまま表面的詩句を取り上げ、なまけ者ではなかった証しとしている。そして精神上のなまけ者は認めるが、詩の思索過程は七転八倒の苦悩を経るもので、それは肉体的労働と変らぬものだ、だからなまけ者とは言えない、と言ってるようだ。ランボーは母子家庭の少年の傾向として、安逸・放埒に育ち、中学のときは助平話で学生仲間の人気者だった。

研究が少なかった時代故小熊は知らなかっただけである。

ランボーが「精神の豊富なことに苦悩してゐる」とは、小林の文にはないから、詩を読んでの判断か他者の評言によるものだろう。精神が豊富だったとは言えない。「内なる他者」が憑依してから詩想や知識が豊富になって行った。そして見者の道行きにヴェルレーヌを誘い込み、ヴェルレーヌに食わせて貰いながら彼との訣別が生じ、「内なる他者」と「素顔のランボー」との葛藤が激しくなって行った。『地獄の季節』はその経緯を語っているもの故、そこに七転八倒を見、豊富な精神の苦悩を見るのは有り得ることである。

好意的思いすごし「新しい時」

「如何にも新しい時といふものは、何はともあれ、厳しいものだ」といってゐるランボーの時に関する考へ方は、最も進歩的な見方に依ってのみ彼の考へ方を理解することができる。新しい時を思索世界で実践しやうとする人間にとってほど、時間は苛酷な、厳粛なものはないのである。思索に依って、彼は新しい時を創造しやうとしたのではない。彼は新しい時の実在を証明したのである。だから僕はランボーの作品は特異性とか創造性とかには少しも他人のやうに驚いてゐない。むしろ、新しい時の存在することを証明し得た彼の生活態度の厳粛さと、作品のリアリティとに感服してゐるのである。

始めの引用句は『地獄の季節』の題「別れ」にあるもの。詩は前段でロンドンに渡ったこと、巨大消耗都市は食屍鬼の女王で自分も食われていたかもと思い、自分は一切の道徳を免れた天使だが、ヴェルレーヌを友愛の名目の下に騙したのでまた農民に戻される、誰も助けてくれない、という嘆きの詩意。後段が「如何にも新しい時」で始まり、パリ詩壇や世間に勝ったのは俺だ、「断じて近代人でなければならぬ」と自分を掻き立てる詩意のもの。だが前段に「さて今、俺の数々の想像と追憶とを葬らねばならない」があり、「別れ」の題は、「内なる他者」と「素顔のランボー」の訣別の近いことを告げている。

ランボーは新しい時を創造によって勝ち取りたかったのであって、「新しい時の実在を証明した」のではなかった。勝ち取ろうとした闘争心が『地獄の季節』の「序詩」である。パリ進出当時は「酔いどれ船」で一躍カルチエ・ラタンの寵児となったが、私家版『地獄の季節』を持ってパリに出た折は、完全に世間や詩壇から拒絶された。詩の場を失い、新しい時も得られず、食うために放浪して詩を捨てたのである。生活態度の厳粛さや作品のリアリティに感服は、一貫した反逆詩人への小熊の好意的思いすごしであった。

牙を剝いた狼の飢え

その後、ランボーは僅か三年で二五〇〇行ほどの詩と、同量の散文詩を残して文学に別れを告げ、芸術家から俗人へ帰ってしまったと述べる。これは小林の間違いの口写しである。

「俺が、常に劣等人種であったことは明らかだ、叛逆といふものが一体解らない、俺といふ人種が立ち上るのは掠奪の時に限るのだ、死肉を漁る狼等の様に」

ランボーの詩は実に正直な告白である。だからそこには人間としての彼からは何の矛盾なものを感じることができない。矛盾があるとすれば、人間ランボーをとりかこんでゐる社会に、彼を混乱さした根源のあることを言ひたい。（中略）ランボーは生れながらの狼のやうな男であり、その上彼の僅か三ケ年間の文学的時間は、全く死肉を漁る空腹の狼であった。その行為のすざまじさは、真理を敵のところから奪ひかへすためには危険も怖れない英雄的行為の作家であった。

引用句は『地獄の季節』の題「悪胤《あくいん》」の詩句。悪胤は悪い血統の意である。この詩はヴェルレーヌと二人でロンドンに逃避するが、ヴェルレーヌの離婚騒動でランボーが郷里シャルルヴィルに帰されたときのもの。「内なる他者」と「素顔のランボー」の二重人格の葛藤激しい五九〇〇字余に及ぶ散文詩である。俺は無能なガリア人の末裔だ、あらゆる悪徳、憤怒と淫乱、わけても嘘と無精が身に備わった、という詩意に始まるものだ。「他者」の傲慢と「素顔」の弱気な本音が入り交じる。

小熊はこの詩に打たれたようだ。言及が最も長い。引用句が妥当とは思えないが、正直な告白があり、叛逆する根源は社会にあり、掠奪する狼のように牙を剥いたのは確かである。そして「だが世間には人間ヅラをしたけだものが多いことを考へてみれば、ランボーこそその逆な風貌をもった男である」とし、「そこで始めてランボーの私生活の上でも、作品の上でも彼の悩みがいかに強烈であったかといふこと、ランボーの行為の偉さといふことに知り到るだろう」と称賛している。

小林の言う「かなぐり捨てられた残骸、芸術という愚かな過失」に、小熊は逆に感動したのである。最後に「闘争者といふものは、食物にか真理にかともかく何物かに飢えてゐるものである。ランボーの飢えは、絶対的なものへの接近の形で、強烈な意志の高さを示し、生存するものの権利をはげしく主張して終始した」と捉えている。新しく生を享けた者が、それ以前の歴史や社会に許容できぬものがあるとき、抗言することは生きる者の権利である。それを自覚するか否かにより生きざまが変わる。ランボーはそれを生きた男であった。それは小熊の飢えであり、主張でもあった。

幸福感と苦痛感の握手

「俺は、ありとある神秘を発《あば》かう、宗教の神秘を、自然の神秘を、死を、出生を、未来を、過去を、世の創成を、虚無を。幻は俺の掌中にある」
「子供達も来るがいい、俺は君達を慰めよう、君達の為に、俺の心を、驚く可き心を放たうではないか。哀れな人々、労働者達。俺は祈りなどを望みはしない。君達の信頼さへあれば、俺は幸福になれるのだ」

と歌ってゐるランボーの人間的な謙譲さに僕は好感をもたないわけにはいかぬ。ランボーの幸福観は、世間に石塊のやうに転がってゐる、通俗的な幸福観ではなく、少くとも彼の幸福観の高さは、苦痛観の高さと頂点に於いて固く手を握ってゐる。

引用句は共に「地獄の夜」にあるもの。この詩はピストル事件の後、郷里に戻り、泣き呻《うめ》き罵り怒って書いたもの。これは「素顔のランボー」と「内なる他者」のせめぎ合いの地獄である。俺はお前という毒を受け入れた。あげくが地獄の責め苦となった、どうしてくれるのだ悪魔《デモン》めと「素顔」が言う。黙れ黙るがいい、地獄の火などとはけがらわしい、どんな詩人より俺は豊かなんだ、俺は魔王《サタン》だと「他者」が反撃する内容。

「俺は、ありとある神秘を発かう」も、「他者」の傲慢。「俺はどんな能力でも持ってゐる」だから「俺を信ずる事だ」の詩句が続き、「子供達も来るがいい」の引用句となる。「幻は俺の掌中」は訳が悪く、「幻術は俺の掌中」である。小熊がランボーの人間的謙譲と読んだのは、言葉の表面しか読めていない証し。幸福・苦痛が手を握る小熊の幸福論はわかるにしても、ランボーは幸福の絶頂を三度も味わっている。ヴェルレーヌにパリへ呼ばれたとき、故郷に追い帰された後ふたたびパリに呼ばれたとき、マチルドからヴェルレーヌを奪いロンドンへ行ったときである。その反動として地獄に落ちたのだった。

「家庭のものであるにしろ、ないにしろ、安定した幸福は……真っ平だ、とてもいけない。俺はあんまり気まぐれ過ぎる。弱すぎる。労働によって生活は花咲くとは今も変らぬ真実だ。処が俺の生活は一体目方が掛からない。世界の重点、行動といふものの遥か上層に飛び去り、漾《ただよ》ってゐるのだ」

知識はどのやうに豊富になり、積み重ねられたとしても全くランボーの言ふやうに、計量器の上に載せてはかることができない。知識の豊富がすぐさま労働の豊富と一致するとはかぎらない。ランボーは生活の正しさといふことを希ってゐた。然もその生活に花咲き、生活を意義あらしめるものは労働であるといふことを永遠に変らぬ真理だ――といふことを彼は知ってゐながらも、行為の上では遥か上層を飛びあるいてゐるといふ自覚をもち、そのことのために悩んだのである。

（中略）ことにランボーが知識といふものを、「世界の重点」にをかうと苦しんだ態度の正しさを思へ。ランボーにとって「世界の重点」即「行動」であった。人間としての正しい行動は、絶えず自分の行動の正しい位置を知ったもののみが積極性を帯びてくる。

引用句は「悪胤」の終わりに近いもの。幸福・苦痛が手を握る小熊の幸福論は、「安定した幸福は……真っ平だ」を踏まえたものだろう。だがこれは訳がよくない。湯浅訳では「既成の幸福についてどうかと言えば、家庭の幸福であろうとなかろうと……だめだ。ぼくにはできない」である。これで「……」が何か言おうとして言い淀んでいるのだとわかる。詩の裏にはヴェルレーヌを離婚騒動に落としめた不幸がある。だから幸福について語ろうとして、自分には語る資格などないことに気付くのだ。これは気弱な「素顔」のセリフである。

次に「目方が掛からない」を、知識は豊富になっても秤で量れるものではない、との読みには驚く。訳も悪い。湯浅訳は「だがこのぼくの生活は充分な重みがなく、ふわっと舞いあがり、漂ってしまう。世の中のあの大切なポイントである行動の上空はるかに」である。生活に花咲くのは労働によってだ。だが労働から逃げてる自分の生活は重みがなく、ふわっと浮いて漂っている、という詩意。「素顔」の実感なのだ。

詩の逆説と猛悪な哲学

行動と生活についての「他者」のセリフが「錯乱Ⅱ」にある。湯浅訳「この世の行動は生活なのではない、むしろなにがしかの力をむだにしてしまふ様式だ、一種の苛立ちだ、道徳《モラル》は脳髄の衰弱なのだ」と。行動は生活の重みではない。一種の力の浪費であり、道徳は脳の衰弱だ、と罵っている。「世界の重点即行動」の読みも、前後の詩句を無視した強引な解釈である。

ランボーの詩は、逆説的であるといふ評家が多いが、ランボーの詩の言葉の口裏を察するには、一応その逆説的だといふことを心得て彼の作品に接することは、彼の理解を早めるだらう。然しこの逆説的であるといふことが不正だといふ意味には決してならない。それはランボーが作品をつくった当時の環境が、彼をさうさせたのかも知れないし、或は彼個人の芸術手段であったかもしれない。

逆説的と読んだ評者が多かったらしい。しかしどれがどう逆説・反語・皮肉（アイロニー）であるかは、評者も小熊も理解が及ばなかった様子だ。文にもたつきがある。ランボー詩の反語は、「内なる他者」が持ち込んだ表現手段であった。

「この土地はおさらばだ、何処へでも構はぬ。志を立てた壮丁等、俺達は、猛悪な哲学を持たう。学識には文盲を、慰安には獄道を、歩み行くこの世には決裂を。これこそ真の発展だ。前進せよ、出発だ」

とランボーは詩「デモクラシイ」で叫んでゐる。彼こそ哲学の猛悪性を極度に発揮した詩人であり、生命がけの自由主義詩人であった。我々は彼から芸術を如何に行動的であらねばならぬかといふ勉強を学ぶ必要がある。

引用句は『飾画』にあるもの。何が民主主義なのかわかっていない。共和政の政治が掲げた民主主義だが、その旗の下に欧州各国が海外に侵略を進め植民地を拡大してきた。それを痛罵した詩である。志を立てた壮丁は、やる気のある兵役青年の意。中地義和訳では「意欲あふれる新米兵士」で理解しやすい。詩は新米兵士の四つのセリフで構成。一つ目、国旗は恐怖心を抱かせる地に向かう、俺たちの喚声が奴等の闘争心を奪うのだ。二つ目、街へ行ったら女たちを犯してやろう、刃向かう奴は皆殺しだ。三つ目、水浸しの国々（植民地）へ！　産業上の軍事的な残虐きわまる搾取のために。次に引用句が続く。

詩意を並べた。三つ目の産業上の軍事的なは新米兵士の意識にないもの。国の指導者や資本家たちの意識で、残虐な搾取は当然であった。兵士のセリフの如くしのばせている。四つ目にもそれが続く。この植民地は撤退だが次は何処だっていい、俺たちは意欲あふれる新米兵士だ。その後の訳がひどい。中地訳では「そのうち冷酷無慈悲な哲学が身につくだろう。科学にはまったくの門外漢、快適さの追求には臆面もない。こんな世界などくたばっちまえ。これこそ紛れもない前進だ。前へー、進め！」である。

冷酷無慈悲な哲学は指導者や資本家のもの。その下で科学は知らないが、快楽追及なら任せておけの兵士たち。こんな民主主義などくたばっちまえ。それを粉砕するのが本当の民主主義だ。前進しろ！　となる。くたばっちまえは兵士でも指導者らでもなく、ランボーのセリフだ。その前と見事に切り替わる訳でなければ、そのアイロニーは見えない。

小熊はたけだけしい悪の哲学を極端に振り回した行動的な自由主義詩人と捉えているが、ランボーの反語が読めぬままに終始した。一貫した反逆者への惚れ込みのあまり、詩句片鱗の表面から善意に解釈しすぎた。

3　中原中也のランボー

富永太郎との親交と失恋

失恋により詩人になれたのは中原中也である。その悲哀を紛らわしたのがランボーの詩だった。中原にランボー論はない。感想が『ランボオ詩集』の「後書」にあるだけ。その訳詩集は野田書房より一九三七年（昭和一二）九月刊、死のひと月前だった。小林秀雄訳『地獄の季節』が一九三〇年刊。この二訳書でランボー詩のほぼ全容が日本に知れ渡った。海外の研究も不十分な時代ゆえ、先駆的労作であったことは確か。中原がランボーに絡む経緯を追いながら見て行く。

中原中也は一九〇七年（明治四〇）四月、山口市湯田温泉の湯田医院の長男として出生。逸見猶吉より四か月早い。父は転勤の多い軍医。一九二〇年四月、優秀な成績で県立山口中学に入学。二三年三月、三年で落第。四月、京都の立命館中学三年に転入。高橋新吉の『ダダイスト新吉』に感激する。その年末、表現座の女優長谷川泰子を知り、放蕩の味を覚えた。一六歳。泰子は二歳年上。翌年三月中学卒業後、中原は泰子と同棲を始めた。割高な飯付き下宿で、親には内密。

七月、京都に来た詩人富永太郎と親交を結び、彼の住む近くに泰子と転居して毎日のように文学論を重ねた。中原はダダ気取りでいたが、富永からチェーホフ、ボードレール、ランボーを教えられた。富永は六歳年上。フランス製の白い陶器のパイプを銜《くわ》え、お釜帽（ベレー帽）をかぶったダンディな人。中原も真似て白いパイプを銜えたが五尺と背が低く、二人が京都の街を歩くとヴェルレーヌと少年ランボーのようだったと、泰子の回想がある。

富永は結核を患っており、京都の冬は耐えられず一一月に東京に戻る。二五年三月、富永を追って中原は泰子ともども東京に移住。四月、富永の紹介で小林秀雄を知る。五歳年上。八月ごろ「詩に専心しよう」と決意する。一一月に富永太郎が夭折。一一月末、泰子が小林秀雄の許に走った。

「女は男に何の夢想も仕事もさせないたちの女なので、大変困惑してゐた時なので、私は女が去って行くのを内心喜びもしたのだったが、いよいよ去ると決って以来、もう猛烈に悲しくなった。……俺は捨てられたのだ！　……日が経てば経つ程、私はたゞ口惜しくなるばかり。殆んど読書らしい読書も出来なかった」と、中原は「我が生活」で述べている。文脈からの推測では二八年に書いたもの。まだ口惜しい男のままだった。

小林秀雄への対抗意識と幼稚さ

二六年四月、日本大学予科文科に入学。九月、親に無断で退学し、アテネ・フランセ短期講座で仏語を学ぶ。富永の志を継ごうとしたのだ。一〇月、小林秀雄の「人生斫断家アルチュル・ランボオ」が『仏蘭西文学研究』に載る。二七年は河上徹太郎を知り、ダダイスト辻潤を訪ね、高橋新吉を訪問。この年から拙い仏語で『ランボー詩集』を読み始める。小林への対抗意識と思われる。富永にランボー熱を吹き込まれたのは、小林と中原の二人だけであった。

二七年三月三日の日記に「ランボオは愛がまだ責任のある時にカルチュアをもつ努力が出来た、現金的大人気があった、それであんなに早く歌が切れた。いゝや、それは後にヴェルレエヌがゐるからといふので安心したこともその理由である。それ位ランボオを純潔な人間と考へる位分る人には造作もないことだ!」とある。ランボーは愛が有効なうちに教養を持ち、現実に大人気を得た。だから早々に歌が出なくなった。後にヴェルレーヌがいたから安心して歌を捨てた。それほどランボーが純粋だったことは、俺にもわかる。という稚拙丸出しの文。

昂奮した日記がある。四月二三日「世界に詩人は三人しかをらぬ/ヴェルレエヌ/ラムボオ/ラフォルグ/ほんとだ! 三人きり」。五月三一日「すべてラムボオ以前の所謂《いわゆる》自然詩人とは風景の書割屋也」。七月一九日「ラムボオ 印象的情感+自己批判/ヴェルレエヌ 情感的印象+生きることについての心懸」。八月六日「ラムボオって人はほんとに素晴らしいんだ。'Commédie de la Soif' を読め。/人が一番直接歌ひたいことを正直に実践してゐる」。七月二九日「ラムボオはヴェルレエヌよりロマンティクだ/これは彼らの間の唯一の相違」。八月二二日「ラムボオを読んでるとほんとに好い気持になれる。なんてきれいで時間の要らない陶酔が出来ることか！」。

仏語の綴りは「渇きの喜劇」という長詩。Comedie《コメディー》が正しい。当然だが読みやすい韻文詩の感想である。秋の日記には批判が加わる。一〇月二日「ラムボオは Vanity で自らを殺した／これは私に分るだけのこと」。一一月四日「ラムボオは自分のクリティクに魅領《ママ》された。それが不可《いけ》なかった」。Vanity は「うぬぼれ」である。小林秀雄の「人生斫断家」を読んだ影響があり、散文詩『地獄の季節』に分け入ったせいもあるようだ。『地獄』は小林も詩意は読めていないゆえ、中原にわかるわけがない。だがうぬぼれや批評性は文脈から理解できる。彼のうぬぼれや批評が自分を殺した、私だけにわかることだ、とうぬぼれている。ランボーで気を紛らわしていた男がである。

自己執着と「サーカス」のメルヘン

二八年五月一六日、父謙助病没。五二歳。中也は喪主だが、母フクから葬儀に帰らずともよいと言い渡されて不帰。医院は弟たちのもの。中也は見限られていた。二九年一月、河上徹太郎、大岡昇平、古谷綱武、阿部六郎らと『白痴群』を創刊。詩の場を得る。この年河上に「僕はラムボオの涸渇は遮断に執し過ぎたことを具《つぶ》さに見た」と手紙。また大岡昇平（二歳年下）には「ボードレール、ランボオの〈批評精神〉を悪くいっていた」とのことである。

中原の「遮断」は小林の「斫断」を真似て言い替えたもの。否定が強すぎたから書けなくなった、それを「具さに見た」とは思い上がり。妥協を許さぬ否定だから詩を捨てたのだ。ランボーが何を目指し、何を乗り越えようとしていたのかわからぬ者の愚昧さは、後で露呈する。またボードレールやランボーの批評を非難できる精神も生きざまも、中原には何もない。ランボーは激動する歴史のさ中にいた。新しい命の登場者として、新しい美や価値を求めて生きたいと声を上げたのだ。中原はロシアに勝った明治末に生まれ、大陸侵略を目指す国の動きに関心を持たず、自分のことだけに執着した男である。

大岡は「彼が私に、自分と同じように不幸になれと命じた。だから私は彼に反いた」と『中原中也伝』に書いている。中原は泰子を奪われる前までは、希望も未来もあった。屈辱の男とされてから未来は真っ暗。その不幸の中で詩が書けたことになる。一九年一〇月、『生活者』に無題の詩が載る。後で「サーカス」となった。

幾時代かがありまして
　茶色い戦争がありました

幾時代かがありまして
　冬は疾風吹きました

幾時代かがありまして
　今夜此処での一《ひ》と殷盛《さか》り
　　今夜此処での一と殷盛り

一～三連。続いて四連「サーカス小屋は高い梁／そこに一つのブランコだ／見えるともないブランコだ」、五連「頭倒《さか》さに手を垂れて／汚れた木綿の屋蓋《やね》のもと／ゆあーん　ゆよーん　ゆやゆよん」。八連まであるが省略。

伊藤信吉は「この詩は一種奇妙は味わいを出しているが、本態においては童謡だ」と解説している。河上徹太郎は「これは如何なるサーカス？　サーカス小屋の観客はみな眼の赤い鰯で、芸人たちは一人もいない。宙吊りのブランコと破れ木綿が隙間風に戦《そよ》いでいる。大戦争の廃虚跡のように人気《ひとけ》なく、汗っぽい人間臭の漂った情景である。不気味な場所にあるのは、真っ暗な夜とゆあーんゆよーんのリズムばかり」と感想を吐いた。文は要約した。七連に「観客様はみな鰯／咽喉《のんど》が鳴ります牡蠣殻《かきがら》と／ゆあーん　ゆよーん　ゆやゆよん」がある。

伊藤も河上も詩意は読めていない。これは口惜しい男の失恋の歌である。だから童謡ではない。だが童謡めく稚拙さにくるまれている。時局に無関心な男ゆえ、「茶色い戦争」も「幾時代」も詩的ぼかしである。詩意を次に連記する。

ある時があって、きな臭い争いがあった。ある時があって、口惜しい思いが吹き荒れた。ある時があって、今夜ここでの一人芝居、今夜ここでの一人芝居。孤独な心の高い梁、そこに一つのブランコがある。人には見えないブランコだ。思いは逆さづり棄てられて、汚れた生活の胸の中、ゆあーん　ゆよーん　ゆやゆよん。七連は、観客さんはみな群れる魚、渇いた咽喉を鳴らして見上げてる、ゆあーん　ゆよーん　ゆやゆよん。

七連の鰯や牡蠣殻はダダ的映像法と言える。「トタンがセンベイ食べて（春の日の夕暮）」などの詩句同様に類推の喩である。擬音語は「ゆおーん」でなく「ゆよーん」の稚気性が心の揺れを深くしている。口惜しい男を少し離れて観察し、悲劇に少し喜劇性を加えて言葉を昇華させ、メルヘン的リズムに乗せたのが、人の心を揺する歌となった。これが中原の代表作と言える。翌三〇年『白痴群』に「汚れっちまった悲しみに」を発表。「今日も風さへ吹きすぎる」の詩句などあって同じ失恋の歌だが、おセンチ丸出し。ランボーの精神から最も遠いものだ。同年ヴェルレーヌの訳詩を『白痴群』に発表。同誌はこの六号で廃刊となる。

小林との再会、小林の罪ほろぼし

三一年四月、東京外国語学校仏語部に入学。三三年三月卒業。フランス行きを目指したが絶たれた。中原の東京生活は家の金を蕩尽していたからだ。同年五月、坂口安吾らの紹介で『紀元』の同人となり詩を発表。九月、ランボーの詩や書簡を発表した。一二月、郷里で遠縁の上野孝子と結婚。同月、『ランボオ詩集〈学校時代の詩〉』を三笠書房より刊行した。長詩五篇と薄いものである。

『久しく絶交状態にあった彼は突然現れた。八年経ってゐた。二人とも二人の過去と何の係はりもない女と結婚してゐた。二人で茶店でビールを飲んだ。一口飲んでは「あゝ、ボーヨー、ボーヨー」と彼が喚く。「ボーヨーって何だ」、「前途茫洋さ」と彼は悲し気な節を付けた。私は辛かった。世間を渡るとは一種の自己隠蔽術に他ならないのに』と、小林秀雄は「中原中也の思ひ出」に書いている。三四年に再会したのだ。小林は泰子を横取りした負債がうずいていた。

三四年一〇月、長男文也誕生。一二月、小林と三好達治の分担訳により『ランボオ全集』建設社刊の企画があり、中原にも声がかかる。三五年四月まで郷里に帰り、翻訳に熱中した。三五年三月『日本歌人』に、中原訳「酔った船」が載る。

私は不感な河を下って行ったのだが、
何時しか私の曳船人等は、私を離れてゐるのであった。
みれば罵り喚く赤肌人等《あかはだびと》が、彼等を的にと引っ捕へ、
色とりどりの棒杭に裸かのままで釘附けてゐた。

私は一行の者、フラマンの小麦や英綿《えいめん》の荷役には

とんと頓着してゐなかった
曳船人等とその騒ぎとが、私を去ってしまったからは
河は私の思ふまま下らせてくれるのであった。

私は浪の狂へる中を、さる冬のこと
子供の脳より聾乎《ぼっ》として漂ったことがあったっけが！
怒濤を繞《めぐ》らす半島と雖《いえど》も
その時程の動乱を蒙《う》けたためしはないのであった。

これは後で「酔ひどれ船」と訂正される。それにしても未定稿とすべきほどの悪訳。単語の語意の選択ミスが、各連の詩意を支離滅裂にしている。おかしな訳を平井啓之訳と比べてみる。「不感な河」↓「動じない大河」、「曳船人等は私を離れてゐる」↓「舟引たちの導きを感じなかった」、「私は一行の者……とんと頓着しなかった」↓「ぼくは乗組員のことなどまるで気にもしなかった」、「子供の脳より聾乎《ぼっ》として」↓「子供たちの頭よりも聞く耳もたず」、「怒濤を繞らす半島と雖も」↓「疾駆した！　陸地から放たれた半島も」などとなる。
三五年、小林は『文学界』の編集責任者となる。四月、中原単身上京。全集刊行は立ち消えたようだ。三好達治らの『四季』にランボーの「烏／オフェリア」を発表。五月、逸見猶吉ら

の『歴程』同人となる。六月帰省。八月妻子とともに上京。小林は『文学界』に中原の詩・訳詩を積極的に採用。ランボーでは一〇月「音楽堂にて」、一一月「孤児等のお年玉」、三六年二月「最も高い塔の歌」など。三六年は詩やエッセイの発表が最も活発で、中原の報われた年だった。

一八七二年暮れ、ロンドン逃亡のヴェルレーヌに離婚騒動が生じ、ランボーがシャルヴィルに戻ったときに書いた無題詩がある。小林秀雄が「あゝ、季節よ、城よ／無疵な心が何処にある」と訳したもの。中原は「幸福」の題を付け「季節《とき》は流れる、城寨《おしろ》が見える／無疵な魂《もの》なぞ何処にあらう?」と訳した。二連は「私の手がけた幸福の／秘法を誰が脱れ得よう」と続く。この詩は、ヴェルレーヌという支援者の好運を得たお蔭で見者行が出来た。おれの秘法から誰が逃れ得よう。だが「無疵な魂」悪事を何もせず幸福などは摑めない。マチルドから夫を奪った。でもおれには幸福の「城」がはっきり見える。不安など飛んで行け。という詩意のもの。中原メロディーは自分の失意解消と重ねている節がある。

非論理的朦朧文「感想」

三六年一一月一〇日、文也三歳で病死。中原は悲嘆のあまり神経衰弱となる。一二月一五日、次男愛雅《よしまさ》誕生。三七年一月、神経衰弱が昂じ千葉寺療養所に入院。二月退院。鎌倉に転居。九月『ランボオ詩集』を野田書房より刊行。「後書」にランボーについての感想が載る。

いったいランボオの思想とは？——簡単に云はう。パイヤン（異教徒）の思想だ。彼はそれを確信してゐた。彼にとって基督教《キリスト》とは、多分一牧歌としての価値を有《も》ってゐた。

さういふ彼にはもはや信憑すべきものとして、感性的陶酔以外には何にもなかった筈だ。その陶酔を発想するといふこともはや殆んど問題ではなかったらう。その陶酔は全一で、「地獄の季節」の中であんなにガンガン云ってゐることも、要するにその陶酔の全一性といふことが全ての全てで、他のことはもうとるに足りぬ。而も人類とは如何にそのとるに足りぬことにかかづらってゐることだらう　といふことに他ならぬ。（中略）

つまり彼には感性的陶酔が、全然新しい人類史を生むべきであると見える程、忘れられてはゐるが貴重なものであると思はれた。彼の悲劇も喜劇も、恐らくは茲《ここ》に発した。

所で、人類は「食ふため」には感性上のことなんか犠牲にしてゐる。ランボオの思想は、だから嫌はれはしないまでも容れられはしまい。勿論夢といふものは、容れられないからといって意義を減ずるものでもない。然しランボオの夢たるや、なんと容れられ難いものだらう！

云換れば、ランボオの洞見したものは、結局「生の原型」といふべきもので、謂《い》はば凡《あら》ゆる風俗凡ゆる習慣以前の生の原理であり、それを一度洞見した以上、忘れられもしないが又表現することも出来ない、恰《あたか》も在るには在るが行き道の分らなくなった宝島の如きものである。

末尾に昭和一二年八月二二日の日付。一九二九年（昭和四）から訳したものの成果であった。非論理的中原の朦朧文は、ランボー思想のかけらも摑めていない。「異教徒」の詩句は『地獄の季節』の「悪胤」にある。キリスト教の埒外の者の意で使われており、他宗教に属しているのではない。この詩をランボーに書かしたのは、彼に憑依した「内なる他者」であり、太古からの叡知の集合である無意識（他者）の来歴を告げてるものである（内なる他者は『ランボー追跡』参照）。

キリスト教は一牧歌の価値を持っていたと引き戻す。河上徹太郎は、クローデルが「野性状態にある神秘主義者」と捉えたのと同じ言葉と解釈してる。違う。牧歌は牧童の歌で、抒情的素朴なものを言う。初期詩にキリスト教の影響はあり、牧歌的な詩もあるが、ランボー詩の確立後は様変わりする。中原訳「最初の聖体拝受」の末尾に、「キリストよ！　汝永遠の精力の掠奪者／父なる神は二千年もの間、汝が蒼白さに捧げしめ給うたといふわけか」とキリストを罵倒した詩句がある。少年前期と後期を並列に論じてはなるまい。抒情は踏み潰されていく。

感性的陶酔以外に何もなかったとは愚かな断定。感性とは印象的直感。理性や意志と区別されるもの。『地獄の季節』にはきらめく映像が多いので、感性的陶酔と錯覚している。「ガンガン云ってゐる」とは、「内なる他者」と「素顔のランボー」の葛藤を指すが、それを含め詩は意志で貫かれている。

感性的陶酔が新しい人類史を生むとは何？　ランボーが詩を通じて新しい存在を目指したことだ。感性的陶酔で新しい存在の生ずる筈がない。中原はまさに感性的陶酔人間だった。理性・感性・意志が揃っていなくては新しい存在は生まれない。ランボーの夢が入れられぬのは当然。世間の美・道徳・価値の転換を目指したのだから。中原もそれは察している。あらゆる風俗・習慣以前の「生の原型」と言っている。

だが「忘れられず、表現も出来ず、行き道不明の宝島」などではない。権力や宗教に抑えつけられてきた人間の健全さを取り戻すために、既成価値以前の言葉や映像を武器にしたのである。それが人の心を揺さぶるエネルギーともなった。

逸見の「感想」、草野の「追悼文」

逸見猶吉は三五年五月発行『歴程』第一号の「感想」に、「ランボオには秘密がない。人は彼の豪凄《ごうせい》たる落暉《らっき》から暗黒をおしつけられるだけで彼から逃避する。或は易々と参ってしまふ。それだけでは当り前だ。彼の暗黒たる物質世界を縦断できぬ位なら、ランボオを読むことなぞは有害である」と書いた。中原も詩二篇を載せ同人になったから、読んだ筈。ランボーを真っ当に受け止めたのは、逸見猶吉一人であった。

中原は小林に原稿すべてを預け郷里に引きこもる段取りのさ中、三七年一〇月五日に発病入院。二二日他界した。三〇歳。草野心平「中原中也」の追悼文がある。三七年一二月発表。

「ああさっぱりしたというのは実は彼自身ではなくて、世間様だろう。それ程彼は厄介だったと言えないことはない。それ程彼は詩人だった。中原中也の肉体は小さかったけれども重たくて不透明だった。それはあたりの色をも変色させるような毒気をもっていたように思われる。それでいて彼の心象はかなしく澄み、いつも半音調の楽器がなっていた。彼が酔うと毒舌になったり破れたりするのもその悲しい透明な韻律のなす業であった。彼の律義さも間にあわなかった」と。

中原は「近代的哀愁の詩人」と括られたが、失恋の感傷に塗り潰されただけ。ランボー訳により日本のランボーと言う人もいるが、彼はむしろヴェルレーヌ的韻律好みの詩人。彼の女々しさが、日本人の体質に合って愛された詩人ではあった。

4　西条八十のランボー

通り魔に憑かれた青春の発作

「どうしてランボオという詩人に興味を持ったか自分ながら不思議」と書いている。抒情詩人、童謡作家、作詞家が何故？　と私も思った。小林秀雄が「人生斫断家アルチュル・ランボオ」発表の翌一九二七年、西条八十は早稲田大学出版部発行『研究論集』に「ランボオ論」を発表している。小林ランボー論の刺激がまずあった。その後の追跡が尋常ではなかった。

西条は一九二四年、フランスのソルボンヌ大学に留学。帰国後早大教授となり、すぐにランボーと遭遇。資料を読み漁って断片的に研究内容の発表を続け、三八年にはシャルルヴィルを訪れ、大戦中も外国の知人を通じて資料収集をやめなかった。一九六七年『アルチュール・ランボオ研究』中央公論社刊、七〇八頁は、四〇年かけた成果である。ランボーの一生を追い、詩解説には原文・訳文を併記し、海外の諸研究も察知できる貴重な資料。「しかし大詩人ではない」と捨てた小林秀雄とは雲泥の差である。教えられることが多かった。

「ランボオが詩を書いたのは青春期の発作のごときもの。何か通り魔に憑かれたようなもので、その魔が脱《ぬ》け去ると尋常な人間に返ってしまった。意識して詩を廃《や》めたのでなく、自然に書けなくなったのだ」という研究者エルネスト・レイノオの言葉を挙げ、「ランボオの一生は〈魔に憑かれた〉という表現ほど一語で言い当てた言葉はない」と共鳴している。これは私が追跡した解釈に最も近い。ただレイノオも西条も、その「魔」が「内なる他者」という憑依現象であったとは気付いていない。

「わたしは他の者である」すなわち詩人は見えざる他の力にアンスピレされたものである。銅の地金が喇叭《ラッパ》の姿となって佳き音を奏でるのは地金自身の力ではない。銅以上の他の力の働きである。詩人の思想の開花も詩人独自だけの力によるものではない。だから詩人は要するにみずからの思想の開花の立会人であって、他人とともに瞠目してその思念を見守り、またそれに耳傾けるのである。おのずから揮《ふる》われる楽弓のもとに詩人の胸奥にはみずからさえ怪しむシンフォニーが湧き起り、またそれが具象化されて紙面に躍り出ずるのである。これが真の創作の姿である。

そこでランボオは「われ思う」というのは誤りで「われ思わる」と表現すべきであり、要するに詩人は霊感を蒙《う》けて初めてヴァイオリンとなり得る一片の木片に過ぎないと断ずる。

これは「見者の手紙」の逐語訳的解読。前段はドメニー宛、後段はイザンバール宛である。「アンスピレ」はインスピレーション。「わたしは他者」の頭に「Car（なぜなら）」の接続詞があるのに考慮外である。一見憑依現象に迫りながら、「銅以外の他の力」霊感を託された者だけが真の詩人になるとランボーは断じている、と解釈している。銅の素材に完成品のラッパが住みついたと読み取るのに、紙一重であった。楽弓のひと弾き（ヒント）により交響曲が鳴り出し（言葉が沸き出し）、舞台にも躍り出すほどの詩人が私の中にいる。その内部の「他者」に「われ思わる」の状態だ、と彼は明解に説明したもの。

ドメニー宛では、ギリシアからロマン派までの詩に触れ、ロマン派の詩がいかに愚かなものか正しい判断が下されたことはないと論じ、「このように言う私は一つの他者だ」という文脈になるものである。その「他者」が内部に存在することは自分に明白。思想までが開花して私を導いていると告げている。「われ思わる」は事実の現象を語っていたのに、理解者なし。

幼児読本がヒントの「母音」

A《アー》は黒、E《ウー》は白、I《イー》は赤、U《ユー》は緑、O《オー》は青。母音たちよ。
わたしはいつかお前の隠れた起原《みなもと》を語ろう。
Aはすさまじい悪臭のほとりに唸る
光った蠅たちの毛むくじゃらな黒の胸当《むねあて》

「胸当」はcorset《コルセット》だから「胴着」訳のほうがいい。西条は「母音」は「見者の手紙」のすぐ後に書かれたとし、海外の諸説を紹介している。中でもエルネスト・ゴオベールの解読が眼を引いた。「田舎の図書館で幼児用の大判の絵本を見付けた。頁中央に母音一字があり、母音を頭にもつ絵が四つ取り囲むもの」として次のように挙げる。カッコ内は母音の文字色。原文スペルは省略。

A（黒）＝蜜蜂、蜘蛛、星、虹
E（黄）＝アラビア首長、騎兵の軍旗、奴隷、鉄床
I（赤）＝インディアン娘、侮辱、宗教裁判所、学院
O（青）＝象牙の角笛、野生のロバ、騎兵伝令兵、熊
U（緑）＝ヨーロッパ野牛、軍服、壺、女神ウラニア
Y（オレンジ）＝目、漕艇、樫、アラビアなどの剣

詩「母音」ではEは白、OとUはOが後、Yはない。AIOUは「母音」と同色である。絵本は『ABC読本《アーベーセー》』である。『地獄の一季節』の「錯乱Ⅱ」に、「おれは愛した、愚かしい絵、……童話、子供相手の豆本」などの一節がある。『ABC読本』が、楽弓のひと弾きのヒントである可能性は非常に高い。母音の「隠れた起原を語ろう」も絵本に添う詩句。この詩は七一

年八月作。このころのランボーの最大関心事は、壊滅されたパリ・コミューンであり自分の未来であり、ティエール政府や国民議会の醜悪である。まっ先に政治の悪臭に群がり飛ぶ蠅（女）たちの腹黒い誘惑の下着が突き出されたのはそのため。

西条は諸説を併記したが詩意もわからず、「この詩は〈あらゆる感覚の錯乱によって見者となる〉という見者論の信条の実行であり、視覚と聴覚との照応を示そうと真剣に努力したものである」とした。またボードレールの「万物照応」のソネットと「母音」のソネットは関係があるのでは、とも言うが、詩形式は同じでも、内容はまるで違うものである。「万物照応」の詩精神は受け継いでいると思われるが。

豪宕な芸術作品「酔いどれ船」

続く「酔いどれ船」について、「この詩は一隻の無人船が河から大洋へあてもなく流れてゆき、途次に遭遇する様々な情景を描くことにある。船は作者の魂の象徴であり、その航路は作者の夢みる新奇な幻想世界である」と解説。「おれが非情の大河を下ってゆくうちに／曳かれ行く感覚ももはやなかった／怒鳴り叫ぶ赤肌の蛮人どもがわが船曳どもを裸にし／彩った柱に釘づけて、射殺してしまったのだ」の一連を挙げ、「この冒険譚めいた出発は、彼独自の、雋《しゅん》鋭《えい》かつ奔放な感性をもって裏付けされて、精緻であり、同時に豪宕《ごうとう》な芸術作品に鏤《る》刻《こく》されてゆく」と尤もらしく述べている。

「雋鋭」は鋭く優れていること。「精緻」は細部まで行き届き出来の良いこと。「豪宕」は気が大きく小事にとらわれぬこと。「鏤刻」は苦心して文を刻み込むこと。理解の及ばぬことを難しい熟語でごまかすのは、小林秀雄と同様の詐術。この詩はまさにボードレールの「旅」一一連が、楽弓のひと弾きのヒントになったものである。鈴木信太郎訳を次に挙げる。

おお　幻想の国々に憧れる哀れな男よ、
この酔ひどれの船乗りを、その蜃気楼が　深海の
潮《うしお》を一層にがくする　アメリカのこの発見者を、
鉄の鎖で縛り上げ、海中に投ずべきではなからうか。

この酔いどれ船が、パリ行きの決まったランボーの着想源だった。「アメリカの発見者」は「赤肌の蛮人」に変じ、「鉄の鎖で縛り上げ」は「彩った柱に釘づけて」と転じた。アメリカの大河を下る情景を装いながら、イザンバールとドメニーの詩の先達（船曳ども）に難解な「見者の手紙」を突き付けて黙らせ、シャルルヴィルから詩の大海を目指して旅立つさまを歌ったものである。「射殺してしまった」は西条の思い過ごし訳。

おお、波よ、お前の無気力の中に浸りきっては、

おれはもう棉花《わた》積み船の水脈《みお》の痕を消すこともできず、
また軍艦旗や炎の傲慢さに立ち向うこともできず、
看視船の恐ろしい眼の下をかい潜《くぐ》ることもできないのだ。

これは最後の二五連。詩意を読めていないから訳が悪い。「無気力」は倦怠。「棉花積み船」は輸送船。「消すことも」は追うことも。「看視船」は囚人船である。おお波（世間）よ、不動の海（頭の中の海）を漂流したけだるさで、おれには輸送船（詩人）の跡を追うことも、軍旗や炎（権力）の傲慢に立ち向かうことも、コミューンの囚人船の眼下を通る勇気もないのだ、という意である。ブルターニュ半島沖の二五隻の廃船に、囚人が閉じ込められていたのを、研究者の殆んどが知らない。

西条は『これ以上幻想の海洋を突き進むには、あまりに弱い自己の非力の慟哭《どうこく》かつ憫笑《びんしょう》するかのごとき詞句で終るのである。ランボオの昂然たる気構えのあとに来る一種の気頽《きおく》れ―不敵な魂の高揚に続く意外な精神的脆弱―この奇怪な反動作用は、単に「酔いどれ船」のみに見られるものではない。ほとんどその作品の随所に散見される』と断じている。

折角「不敵、脆弱」の二重性に気付きながら、銅片（素顔のランボー）にラッパ（内なる他者）が住みついたことの理解に至っていない。『地獄の一季節』はその一身二人格の葛藤の激しいものだ。「酔いどれ船」は昂揚のさ中のもので、葛藤はない。脆弱と見られたのは母子家庭にされた少年の回想場面で、脆弱指摘の前に詩意の読めなさを恥じねばならない。

「ある理性に」の簡明適切な誤読

お前の指がその太鼓をひとはじきすれば、あらゆる音がおこり、新しいハァモニーが始まる。

お前が一歩進めば、新しい人間共が決起し、前進する。

お前が首をめぐらせば、新しい愛！　逆に回しても、――新しい愛！

「おれたちの運命を変えてくれ。苦難を篩《ふる》ってくれ、手はじめに時間をどうにかしてくれ」と、これらの子供たちが、お前に向って歌う。「どこでもいいから、おれたちの運命と願いの内容を高めてくれ」と、人々はお前に頼む。

お前はいつでもやって来て、またどこへでも行くだろう。


これは『イリュミナシオン』の「ある理性に」の全行。西条は『子供たちの運命の変革を理性に頼るのはわかるが、「時間をどうにかしてくれ」という時間の問題や「いつでもやって来て、またどこへでも行くだろう」という空間の問題までを、ランボオはレゾン（理性）に結びつけていることは一考を要する』とし、多くの研究者が十人十色の解釈をしているが、アルベール・シュミットの簡明適切と思った説明を引用する。

「ランボオはある種の接神論者《テオリスト》と同様、天地の創造主を一種の神秘な言霊《ことだま》であると考える。その創造主は、有効な言葉を発して万物を創造し、その融合を解体し、われらが今見るごとき夥しい宇宙の森羅万象を生み出した。その創造主と森羅万象との間に介在するのが見者である。見者は被創造物を見てその名を呼ぶ。彼はこうして、創られたものを、もとの言葉の本体に還元する。」

そして西条は「見者がこうして到達する世界においては、我もなく汝もない。森羅万象も時間も消えて、宇宙は一つの言霊の存在に還る。そしてこの世界を招来するものこそ理性なのである」と、さも在りなん偽論理を述べる。シュミット説明も苦しまぎれの神秘主義。「初めに言葉ありき」の神秘に仕立てて、詩はわからぬまま。唯物でなくとも彼は即物主義だった。

この詩は「お前、おれたち」が問題である。ぞんざいな二人称の「お前」を神秘な対象に使わない。「指が太鼓をはじく」は、「見者の手紙」の楽弓をひと弾きすると奥で交響曲が鳴り始める、と同意の詩句。「お前」はランボーに憑依した「内なる他者」である。C・G・ユングによれば、無意識の深奥に集合的無意識と呼べる層があり、太古からの記憶が蓄積されている。何かを切実に追い求める者が行き詰まると、集合的無意識が活性化して、意識に叡知を送り出してくることがある。ランボーはその自覚現象を「他者」と呼んだのであった。

ゆえに「ある理性に」は「他者の叡知」を指している。お前の叡知が先立って進めば、新しい生を求める者たちが立ち上がり前進する。お前の叡知が首（思い）を巡らせば、その先々で新しい愛、逆に回しても新しい人間愛が発生する。これが前半の意。既成価値破壊の見者行に入りながら、「他者」に導かれてより良い人間性回復を念じていた思いがここにある。

次の「おれたち」は、ヴェルレーヌとランボー。妻マチルドからヴェルレーヌを奪ってロンドンへ逃避したが、見者を目指す詩作行でもある。苦難が多々待っていた。亡命者との関係、警察追跡、英語独習、生活問題、詩作どころでなかった。だから「運命を変え、苦難を篩い、時間をどうにかしてくれ」の願望となっている。「子供たち」は叡知に対する「おれたち」のこと。「どこでもいい」はロンドンでなくともである。おれたちの見者の道行きを助けてくれ、と「他者」に懇願が後半の意である。

最後の変幻自在は、集合的無意識の活性化による「他者」の顕在化・潜在化現象である。常時現象でないことを証明している。類似の詩句が、最後に挙げる「地獄の夜」にもある。無意識より出没の「他者の叡知」を明確に語っている。

美も正義も目障りな呪われた詩人

戦後一九四九年、ブイヤーヌ・ド・ラコストが『イリュミナシオン』の筆跡鑑定をし、『地獄の一季節』以降の作品があると発表した。それまで『地獄』が最後で、「別れ」は詩との訣別であるとの解釈が崩れて賛否両論の騒ぎ。しかし「岬／セール／デモクラシー」は一八七四年作である。それは彼の行動や詩意から読み取れる。「青春」四部作に「二十歳」があるから一八七四年作と取れるが、西条は彼の年齢偽り癖から否定。ラコスト説も否定して、『地獄の一季節』を最後とした。


おれの記憶が正しいとすれば、かつてはおれの生活は饗宴だった。そこではすべての人の心が開き、あらゆる葡萄酒が流れていたのだ。

ある夕暮、おれは「美」を膝の上に坐らせた。――苦々しい奴だとおれは思った。――おれは奴に毒づいてやった。

おれは正義に対して武装した。

おれは逃げた。ああ、魔女よ、悲惨よ、憎しみよ、おれが宝を預けたのは貴様たちにだった！

おれは、精神の中で、あらゆる人間的な希望を消し去ってしまった。おれはあらゆる歓びを絞殺するために、その上に猛獣のように足音を忍ばせて躍りかかったのだ。


これは『地獄の一季節』の「序文」前半。西条は『冒頭は青春時代の幸福だった思い出。政治に憤慨するうち突如詩人として覚醒し、〈呪われた詩人〉となる。因習的、類型的、通俗的〈美〉に反抗し、ありふれた〈正義〉も目障りだった。だが赤手空拳、この世に挑戦することは至難だった。パリ・コミューンを緒とする世界改革の夢に破れた少年詩人は、童話めいた「見者」の魔術道に走るよりもはや手段はなかった』とした。

おれの思い込みに間違いがなければ、あらゆる人の心を解放するおれに、祝宴の酒が流れて当然だった、が冒頭の意。「内なる他者」の傲慢な自負心である。母子家庭の少年に幸福などはなかった。「赤手空拳」は何の武器もなく立ち向かうこと。美・正義に抗したのはいいが、魔女、悲惨、憎しみは世間から排除された者たち。預けた宝とは、本当の美や正義である。そのアイロニーは読めず、童話めいた見者の魔道に走ったと言うが、「童話めいた」とは独善的との指摘だろう。だが見者詩法はパリ・コミューンのさ中のもの。またヴェルレーヌの支援なくして見者行も成り立たなかった。真剣一途は間違いない。

「おれは足音を忍ばせ猛獣のように躍りかかった」の詩句は、パリに出てカルチエ・ラタンの寵児となり、カルジャ刃傷事件を起こして仲間に見離され、マチルドとヴェレーヌ争奪が高じてパリ落ちとなる。このころから人間不信が強まり、「あらゆる人間的な希望」や「歓びを絞殺」してやろうの復讐心が沸いたときの心情。「猛獣のように……」は恰好づけである。

呑み干したのはキリスト教の毒

おれは毒杯をがぶりと呑み干した。――受けた御忠告のかずかずに祝福あれだ！　臓腑は灼《や》ける。激しい毒に手足はゆがみ、形相は変り、おれは地上にぶっ倒れる。死にそうなほど咽喉が渇く、息がつまる。叫び声も出ない。これが地獄だ。永劫の責苦だ！　見ろ、この火の手のあがりようを！　おれは申し分なく燃えるぞ。やい、悪魔め！

これは傑作「地獄の夜」の冒頭。ピストル事件後の七三年八月、郷里で呻き罵りながらの作。西条は「〈呑み干した毒〉につきいろいろ解釈はあるが、よく読むとこれはキリスト教の毒作用を語っていることがわかる。……キリスト教徒の洗礼を受けることは、毒液を飲みこむと同じ苦悩の種をみずからに植えつけたことなのだ。……ランボオはあまりにも激しく燃える反キリスト教の炎をどうすることもできず、自分が堕地獄の運命にあることを意識せざるを得なかった」と確信している。

ランボーはヴェルレーヌが止めるのも聞かず、パリ行きを主張。離婚解消を妨害するためだ。それでピストル事件が生じ、訣別となり、見者行はご破算。「他者」が突っ張ったばかりにの思いが「素顔」にある。「他者」の傲慢（毒）を受け入れたばかりに、この羽目になった。心の中では訝る声（忠告）もあったが、もう手遅れだ。体中が地獄の責め苦、焼滅するほどの火だ。やい他者の悪魔《デモン》め！　という詩意である。キリスト教の偽善などは見透しずみ。毒にもなれない。

おれはあらゆる能力を持っている！　――ここには誰もいない、しかも誰かがいる。おれはおれの財宝をめったに撒き散らしたくはない。――黒人の唄を歌って聞かせてやろうか、天女の踊を見せてやろうか？　このおれの姿を隠してみせようか？　水にもぐって指環を探してやろうか？　何が欲しい？　おれには黄金でも霊薬でも作れるのだ。

素顔がわめく地獄ゼリフの後、「黙れ」と他者が怒鳴り返し、「おれは魔王《サタン》だ。幻術の大家だ」と誇示し、掲出の中段となる。前出の「ある理性に」で変幻自在は解説した。そこでは「他者」は懇願するほどの導き手。この詩では「毒」と罵られる凄まじさ。憑依現象の一身二人格の世にも稀なる誘導と葛藤こそ、ランボー詩を国境も世紀も越えた詩にした所以である。
西条は、ランボーが何を求めどんな自己形成を目指したかを探究していくとき、「研究する者のみが味わう不思議な亢奮に顫《ふる》える」と書き出し、『地獄の一季節』は、若い日の理想主義が醜き現実のために、いかにむごたらしく傷つけられ破砕されたかを語る糺罪《きゆうざい》書である」と括った。糺罪は罪を正す意。「見者思想」は破壊ゆえ、理想とは言えない。『地獄の一季節』は、一人劇場の格闘また世間への挑戦状で、糺罪書ではない。

5　西脇順三郎のランボー

曖昧なダダ的デフォルメ

詩学やシュールレアリスムの指導的理論家と称された西脇順三郎に、悪童ランボーはどう映じたか。粟津則雄編『ランボーの世界』青土社、一九七二年刊に、西脇の「日光菩薩ランボー」がある。『ユリイカ』臨時増刊「ランボオ総特集」が好評だったので、新たに評論を追加してまとめたものという。

十九世紀のフランスの詩の世界的位置はサンボリスムであるが、特にボードレール、マラルメ、ランボーの三体は、たとえば「東方浄瑠璃世界」を形成した。その世界の教主は薬師如来であるが、ボードレールはその教主にあたる。そして日光ぼさつと月光ぼさつの脇侍《きょうじ》にはランボーを日光にあて、マラルメを月光にあててみるとおもしろい。ランボーは自ら「太陽の子」と言っているが、たしかに日光の方であり、マラルメは月光のように抽象的で淡である。要するにこの二人の詩人の表現法が対立的に存在して、しかも根本的には一つの存在である。それはデフォルメするし方が対立するのであって、表現の目的は一つであるからそこで一致する。
「浄瑠璃」は義太夫の世界で間違い。薬師如来は「瑠璃光」如来である。教主ボードレールに従って、象徴詩の発展に貢献した二人は「ぼさつ」と称賛するに値する、とまず変わった切り口で味付けする。そして近代芸術の中で、デフォルマシオン（変形）を始めたのは、絵画、彫刻より詩の方が先だったと指摘。デフォルマシオンとは、奇異でグロテスクで妖鬼なものであり、悪魔的なものである、とした。

デフォルマショーンはもう一つ重大な世間のそしりを買うことになる。それは「曖昧」性の根元はデフォルマショーンであるからである。（中略）簡単にその差異を暗示してみると、ランボーの方はダダのやり方であるが、マラルメの方はあまりに抽象的表現を好むところから来ていると思う。（中略）もう一つデフォルマショーンがもたらした重大な結果がある。それは「諧謔」である。デフォルメすることは大体グロテスクである。だからどこかマラルメにしてもランボーにしても、美妙に冗談を言ってとぼけているようなところがある。もちろん教主のボードレール如来は偉大なウィットであった。

近代の枠を外せば、デフォルメの始まりは原始よりの仮面だろう。意識した手法には、幻想を誇張・変形した中世の画家ボッシュやブリューゲルがいる。詩が先などと狭い視野で言えることではない。デフォルマシオンの曖昧云々は、西脇の論展開の布石。二流作品なら「曖昧のそしり」を買うものもあろう。ピカソのデフォルメを曖昧と思う者はいない。ランボー詩にも曖昧などない。表面的印象批評しか物申さぬ西脇が、予防線として彼の詩に曖昧を張り付けている。ランボーのデフォルメは「ダダのやり方」の評価がその証拠。彼の詩には唐突と飛躍が多い。その突飛をダダと括っている。

盗品の可能性あり「酔いどれ舟」

次に西脇は「若い時はランボーぼさつの方が精神的にも肉体的にも好きであったが、年をとると共にマラルメぼさつの手法にも関心をもつようになった。おそらく誰でもそういう傾向を示すのかも知れない」と吐露している。この稿の西脇は七〇代後半。若いころは血気にはやりきらめくランボー好み、老いては隠喩パズル合わせのマラルメに移行するのは、一般的傾向と自己弁護に及ぶ。マラルメのパズル合わせは読めてくるが、ランボーの幻術はいつまで経っても不明、投げ出すのだろう。

この稿の末尾で次のように言う。『有名な「酔いどれ舟」などはいつかはその各々の詩節がみな盗品であったり、パロディであったりすることが、博士論文で証明されるだろう（モンドール）、このことはランボーの落ち度になるが、しかしその才能も詩才の一つであると思う。

（中略）「酔いどれ舟」自身ボードレールの「航海」のパロディであった』と。一つの詩才と持ち上げながら、やはりモンドール説に期待し、ボードレールのパロディーだとつまんで見せる。具体的例示は何もなし。

盗品パロディー説は、詩意を読めない者の愚鈍を曝したやっかみでしかない。「酔いどれ船」は、ボードレールの「旅」の一一連「おお　幻想の国々に憧れる哀れな男よ／この酔いどれの船乗りを……」にヒントを得たもの。「アメリカのこの発見者を／鉄の鎖で縛り上げ」の詩句もあり、「酔いどれ船」一連がアメリカの大河を下るかの如き描写で始まるが、模倣でもパロディーでもない。「旅」は現世否定の未知を求める悲憤の旅。「酔いどれ船」は船出して行くこの世の予想と挑戦の気概をこめた旅。一連はシャルルヴィルからの船出である。曖昧の無さを平井啓之訳の九連、一三連、一九連で見ておく。

ぼくは見た、神秘な恐怖に染まった夕陽が、
古代の劇の俳優たちかと見まがう
紫の長い凝結《こごり》をあざやかに輝やかせるのを、
波が鎧戸のような身震いをはるか沖合に転がすさまを。

ぼくは見た、臭く泡立つような巨大な沼、その魚簗《やな》に

一頭の巨怪獣《レヴィアタン》が藺草《いぐさ》のなかで腐っていた！
大凪のさ中でも海水は崩壊し、
遠景は滝のようにとどろく深淵に向う！

自由気ままに、煙をくゆらし、紫の靄《もや》も乗せて、
赤く染まった壁さながらの大空に穴を穿《うが》ったぼく、
その壁には、世の詩人方のお好きなジャムたる
太陽の苔や青空の鼻汁がくっついていた。

九連。恐怖に染まる落日は、コミューンの壊滅。古代劇役者の如く紫衣をまとい夕映え雲の輝きを見せるのは、身を投じた闘士たち。凝結《こごり》は冷却で死者の意。波が織り成して沖合いに転がるさまは、惨殺された闘士たちを追慕する人の群れである。
一三連。しかと見た。巨大な沼で腐敗する巨怪獣は、ティエール政府や王党派復活も混じる国民議会のこと。またブルジョアらがのうのうと闊歩し搾取する腐臭の時代が来る意である。戦争が終わった大凪（平和）のさ中に、海水が崩壊し遥か彼方は滝のように落ちて奈落に向かうとは、ドイツに対する国土譲渡と五〇億フランの賠償金が、暗く重くのしかかることだ。
一九連。漂流の中のマンガ的一景。気ままに詩を吐き、暗喩の紫煙に乗って、夕暮れ時の詩

壇の壁のような頑迷さに穴を開ける（挑戦する）。そこには詩人たち好みの甘い言葉、太陽や青空などの鼻汁めいた常套句が粘りついていたと揶揄。

巨怪獣《レヴィアタン》は『旧約聖書／ヨブ記』に出てくるものだが、ほかどこにも盗品と言えるものも、パロディーもない。緊密な詩句で成り立ち、曖昧の入る隙間もない。象徴とは「直接的には把握しにくい内容を暗示的に表現されたもの」である。ランボー詩が象徴に満ちていることは、掲出詩を見てもわかる筈。

相反するものの乱暴な連結

西脇は「ランボーの手法が絵画的で色彩的で感覚的である。彼が発見したと言って喜んでいたのは、音を色彩によって象徴することであった。これに反しマラルメの手法は音楽的で抽象的であるが、ランボーは肉体的で具体的で無意識的で本能的だ」と比較し包括している。ほぼその通り。マラルメには緻密な計算の意識があり、ランボーには無計算の無意識が際立つ。

ランボーは「アンコニュー」の詩人であったからマラルメよりは遥かに曖昧であった。しかし実はこのアンコニュー（未知のもの）というのは、もちろんボードレールの「航海」とか「旅」という詩の終りの一行にある言葉であって、その意味はいままで未知であった新しい関係を発見することによって、新奇な事を発見することが詩人の役目であるとボードレールは考えたのであった。というのは美は新しい条件によって成立すると考えたからである。
（中略）
マラルメの曖昧性は謎の形をとっている。マラルメの象徴形態は二つの相反するものが調和されているのでランボーよりわかりやすい。ランボーの象徴は二つの相反するものが乱暴に無理に連結されている。それだけ象徴力が乱れるから象徴がわかりにくく、それだけ曖昧の度が増してくる。

ランボーを「アンコニューの詩人」と捉えるのは早とちり。未知なるものを目指したのは確かだが、その途次で頓挫した。しかしわずか四年の詩歴で既成詩を超越する詩を残した。「未知のもの」とは端的に言えば新しい人間関係であり、新しい価値観である。ランボーはそこに辿りつけなかった。

ボードレールの「旅」最後にある「地獄であろうと天国であろうと構わぬ、……未知の世界のどん底に　新しさを探し出そうと欲するのだ」も、「新奇の発見が詩人の役目」などの思いではない。現世を嫌悪し罵倒したボードレールは、やはり新し人間関係と価値観を築き得る旅を欲したのである。

生きる悩みも葛藤も知らぬ西脇には、それが読めていない。未知を求めるから象徴力が乱れ曖昧さが増す、などとは自分の読めなさ加減を暴露してる態にすぎない。掲出した「酔いどれ船」のどこに、「相反する象徴が乱暴に無理に連結されている」があると言うのか。眼で触れただけのお粗末な論難。

西脇は、ドメニー宛「見者の手紙」の一節「要点はすべての感覚を攪乱することによって、いままで未知であったものに到達することです」をあげ、ランボーがシュールに近いと考えられたのは、未知なる新しい関係の発見を目指した点である。シュールの構成法は相反する二つのものの連結で、不調和なほど美の力の強度が増すと考えられたからだと。

ランボーの「すべての感覚を攪乱」は、既成の美・道徳・価値を破壊するための方法論である。事物の関係の固定・安定を目指すのは支配者の論理である。それを破壊し解放するのが創造者の論理となる。破壊し解放されたイメージの飛躍を、西脇は「相反するものの乱暴な連結」と感受したのだ。「酔いどれ船」一三連の、臭い巨大沼で巨怪獣が腐敗していたり、大凪の中で海水が崩壊して滝のように落下したりなどは、突飛な象徴で立ち入ることもできず、曖昧の語で丸め込んでしまった。

象徴性に乏しく幻影的

西脇は「ランボーの象徴主義は後期にはもはや象徴しないことである」と論を展開。『地獄の一季節』は「後期」と思われていたから、それは象徴詩ではないとのご託宣である。一八七三年八月末、詩集を作りたいから金をと母に申し出たとき、『地獄の一季節』の意味を聞かれて、「文字通りであり、意味も普通の意味だ」との答えを引用し、「もうランボーはイマジストで象徴主義ではない」とした。ランボーは母を騙したのだ。内容は自己葛藤、世間への挑戦、象徴と反語の爆薬庫である。イマジズムは一九一二年の英米詩に始まるもの。『地獄の一季節』はイマジズム（写象主義）などではない。

ゾルガーというドイツの芸術論者は芸術は象徴でなければならないと言ったが、この言葉はランボーになって通用しないことになった。ランボーにとっては詩の世界はいままで未知のものばかりの世界であった。このことはランボーの最大の功績といってもよい。ランボーの曖昧性は象徴性が乏しかったためでもあった。彼が言ったことはみな幻影的であるから、ややもすればそれは象徴的にみえることがある。そうするとそれは象徴としては曖昧なものとなる。

相変わらず具体的例示は何もない。詩学理論家西脇の詐術を真に受けた人も多々いただろう。象徴の概念は前記した。『地獄の一季節』は未知の世界ではない。個に生じた実際の焦熱地獄とそこからの脱出を、暗喩にこめて象徴的に現出したもの。そして「素顔のランボー」と憑依した「内なる他者」の強烈な葛藤劇は、世界初の一身二人格ドラマの創出であった。「象徴性が乏しく幻影的で曖昧」な詩句などどこにもない。「地獄の夜」の冒頭に「かのすばらしい毒を一口《ひと》、ぼくは飲み干した」とある。明解な行為の一句。ある日気付くと、言葉豊富で叡知に満ちた「他者」が内部にいた。自分を苦しめる毒とも知らず、おれは受け入れてしまった。これが一句にまつわる詩意である。「他者」の出現は、ドメニー宛「見者の手紙」に証言ずみ。「すばらしい毒を飲み干した」は、我の強い「他者」受け入れの換喩であり、地獄を招来した象徴であった。

詩と訣別の歌「さようなら」

次に西脇は『地獄の一季節』の「さようなら」に触れる。これは「詩作との訣別の歌である。ランボーがなぜ詩をやめたかは昔からの問題であるが、これはランボーがどういう詩人であったかを決める重大な問題でもある」と述べる。

ボードレール的詩人を夢みていたランボーは一八七一年にドムニー宛の手紙によく出ている。それから二年後、「さようなら」では自分が獲得した超自然力も、芸術家としての美しい栄誉もみななげすてたと告白した。そして元の百姓となったと言っている。すべてのモラルから免除された魔術師とか天使とかいわれた私が大地へとり戻されて、なすべき仕事をもち、またざらざらした現実を抱かねばならないと思っていると言っている。これが詩人をやめた真意であり、ランボーは詩人の仕事よりも神の愛を求めた宗教家であった。

西脇のみならず、多くの研究者が「さようなら」を詩との訣別と読んでいる。さにあらず。詩は前段と後段に分かれ、間は「——」で仕切られている。前段はヴェルレーヌと訣別後、郷里に籠もらざるを得なかった「素顔のランボー」の弱気のセリフ。「他者」の叡知で魔術師とも天使とも思い込んでいたが、見者詩人を目指す手立てがなくなり、また現実の土に戻される。助けてくれる友など誰もいない、との嘆き節。

後段は「新しい時はなにはともあれ厳しいものだ」に始まり、ヴェルレーヌ争奪に勝ったのはおれのほうだの詩意が続く。世間からのけ者にされたおれだが、今は世が変革される前夜だ。夜が明けたら「ぼくたちは燃えるような忍耐で武装して、光り輝く街々に入るだろう」と強い意志の旗を掲げる「内なる他者」のセリフである。「ぼくたち」の複数は「他者と素顔」。詩との訣別どころか、新しい詩の街々に燃えるような気概で入って行くだろうとの宣言。西脇は前段の「元の百姓に戻される」に足を取られて、後段が何も読めていないことになる。

後段の最後に「ぼくは昔の偽りの恋愛を笑うことができるし、あの欺瞞的なカップルたちに恥辱の刻印を押すこともできる」と、ヴェルレーヌ夫妻を蔑視する詩句がある。ピストル事件で彼との訣別は明らかだったが、改めてランボーから「さらばだ！」と告げた詩である。「さようなら／別れ／訣別」などの訳より、「さらば」の題が最もこの詩にふさわしい。この詩の後に詩集最初の「序詩」が書かれている。末尾に「ぼくの地獄堕ちの手帖から、この何枚かのおぞましい紙葉をお見せすることにしよう」とあり、『地獄』を書き終えた後の証し。そして「他者」の鼻息の荒いものだ。詩との訣別などかけらもない。西脇の「神の愛を求めた宗教家」など話にならない。

この男の頭脳の働きはすばらしく鋭く、速度が超急であって、豹変の手際もすばらしい。もう「イリュミナショーン」を書いている時すでに「さようなら」をあらかじめ書いていたのではないかと思われるほどである。少くとも「イリュミナショーン」と「地獄の一季」とは初めから一つの計画であったかも知れない。この二つの散文詩を書いている時はもうボードレールを去ろうとしていた時である。

西脇の前言「象徴に乏しい幻影、デフォルメの曖昧」と「頭脳鋭く、超急、豹変すばらしい」は矛盾した評価。ランボーを捉えきれぬことの露呈である。『イリュミナシオン』詩篇は見者行の一八七二年九月より書き溜められて行くが、『地獄の一季節』はヴェルレーヌの離婚騒動で「悪い血」に着手、ピストル事件の訣別で一気に書き上げられたもの。意図されていた詩集ではない。だが『地獄』に、既成価値の転換を迫る「見者詩法」が叩き込まれた。これでパリ詩壇に一撃を与える意図が、ランボーに生じた筈である。だが逆に無視された。「さようなら」の意図など的外れ。ボードレールは「見者の手紙」で越えることが目指されており、見者行では意識された気配がない。

盗み方は超高速度ゆえ不明

ランボーの詩にはボードレールやマラルメにないきらめきがある。その意味には三つの場合がある。ボードレールやマラルメは都会の詩人であるが、ランボーは自ら言っているように「百姓」であって田園詩人であった。だからランボーには素朴な田園の風情がきらめく。もう一つの場合は本質的な問題であるがランボーは（なんと言ってよいか論理的に言えないが）「感」がよい。想像力がすぐれている。（中略）

次にランボーは言葉の達人であった。この点ではボードレールもマラルメもおそらくかなわないであろう。一面ランボーは言葉の魔術師とでもいうべきであるが、それで他人の言葉を自由に取ってくる。その盗み方は非常な速度であるから、はっきり盗品であるかどうか不明な場合がある。

この後、前半掲出の「モンドール説」が続く。さんざん曖昧に丸め込みながら、「きらめきがある。想像力がすぐれ、感がよい」もないものだ。手に余ったのだ。だから盗品パロディー説に肩入れしたという経緯《いきさつ》。ランボーはまだ百姓ではなく田園詩人でもない。だが歩き魔の彼の自然観察力はすぐれていた。感がよく創造力がすぐれとは、彼の集合的無意識より出現した「他者」の叡知の力によるもの。ランボー自身説明できなかった現象を、C・G・ユング、松代洋一訳『創造する無意識』平凡社ライブラリー、一九九六年刊が詳述している。

この現象は稀なるもの。ユングはゲーテの『ファウスト第二部』と、ニーチェの『ツァラトゥストラはこう言った』を挙げている。ランボー詩は未見だったのだろうが、素材である銅に完成品のラッパが内在し、楽弓のひと弾きのヒントで交響曲が鳴り出し舞台に躍り出すと書いた「見者の手紙」や、顕在化し潜在化する「他者」の出没を明記した『地獄の一季節』の詩篇は、ユング説を明瞭に立証するものとなっている。

西脇はシュールの御大として乞われて書いたもののようだ。日光ぼさつが曖昧ぼさつに変化し、丸め込めぬと気付くや剽窃ぼさつに転移した。盗品パロディーをランボーはどう考えていたかを推測。「ある人が言ってるようにランボー自身には良心の呵責などはなかったのだろう」と他者依存で逃げている。「盗みが超速度ゆえ盗品か否か不明」と書いているが、スリでもあるまいしどんな超速度であれ、書かれた作品は逃げ隠れしていない。何が盗品パロディーかも証明できずに剽窃にこだわる西脇は、シュール理論家の肩書きが泣く。ランボーは権威者の欺瞞を暴く鏡でもあった。

6　安東次男のランボー

「我慢の祭」の中の「永遠」

詩に分け入った論考がある。『文芸読本／ランボー』河出書房新社、一九七七年発行に載った、安東次男の「年金生活者の思想――あるいは永遠について」である。安東は芭蕉連句新釈の『風狂始末』や『風狂余韻』で活躍した詩人評論家。掲出稿は、五五年一〇～一二月号の『ユリイカ』に連載したもの。

安東も人気の高かった東大仏文出身と思われ、原文と自訳で展開。「我慢の祭」にある「永遠」と、『地獄の一季節』の「錯乱Ⅱ」にある「永遠」について比較論及し、異様なランボーの人生の洞察を試みている。「作られた日はわからない。この年五月十八日には、ランボーは再びヴェルレーヌの求めに応じてパリに戻っているから、その時期の作品ではあるまいか」とし、「ヴェルレーヌは泥酔して妻の髪の毛をマッチで焼く狂態を演じているから、そういう相手の許に帰ってゆく彼に、ランボーは少なからぬ嫌悪と警戒心があったろう」と推測している。

「我慢の祭」の「永遠」は、安東の予測どおり一八七二年五月の作。妻の髪の毛を焼くのは、日々ランボーに入れ揚げている夫に妻マチルドが嫉妬、夫がそれに殴る焼くなどの仕返しをしたもの。二度目のパリのランボーは詩人仲間から拒絶されており、ヴェルレーヌだけが唯一の頼みの綱で、嫌悪や警戒心の生ずる謂れなどなかった。安東は、それがあったと思わなければ「理解できないところがある」として、「永遠」を掲げる。

また見つかった。
何が？　「永遠」だ。
太陽を連れて
行ってしまった海だよ。

看張番の魂、
無能な夜の
灼ける昼の
告白を俺とつぶやこうか

人間くさい馴れあいから
つきなみな興奮から
きっぱりと解放されて　おまえは

気ままに飛んでゆくか。

やっと……などと奴に云わせまい、
繻子《しゅす》の熾《おき》よ
きみたちからだけ
「義務」がたち昇るからには。

希望などあるものか、
始まりはいっさいない。
忍耐して学問して、
いずれ刑苦は必定さ。

ヴェルレーヌとの生活に、自分の文学を賭けていたことは容易にうかがわれる。その複雑な感情が、この詩にはよく現れているようである。泥沼または闇の生活を承知で、そこになお「永遠」を求めて入ってゆくランボーの姿がある。「太陽」はランボーで、「海」はヴェルレーヌであろう。「太陽を連れて行ってしまった海」とは、もちろん夜である。とすれば「永遠」とは、そうした闇の中での二人の共同生活であろう。それを彼は Eternité（永遠）と大文字で始めているから、この時期ランボーは、この共同生活をまだ絶対的なものと考えていたのであろう。

しかし一方では早くも、生活に対する警戒心も強まっていたと見えて、「人間くさい馴れあいから／つきなみな興奮から」は、二人の爛れた生活そのものだろうし、「繻子の燠からのみたち昇る義務」は、いかにも白けきったランボーの心をよく伝えている。ヴェルレーヌが「やっと……」などと囁き寄ってきても、もはやランボーには彼に対する「義務」などは眼中にない。あるのは大文字で始まるDevoir（義務）だけである。彼の目には、闇の中に崩れ落ちてゆく白い燠に重なって、早くも「刑苦を覚悟の上」での「忍耐を伴った学問（科学）」が、自分の宿命と予見される。この宿命は、いずれ『イリュミナリオン』一巻の中で整理された思想となり、次いでアフリカでの放浪生活の中で、実行に移されることになる筈のものである。

詩の最後六連は一連と同文ゆえ省略。文中原文スペルのものは訳文を使用。ランボーを太陽、ヴェルレーヌを海との読みはさすがと思う。見者行に彼を導いてやるというランボーの自負心が先立つもの。「永遠」など人には把握できるものではない。把握できるものは「今」のみ。「また見つかった」は正直なセリフだ。ヴェルレーヌに再び呼び出されて、また「詩人として生きる道」が見付かったのである。それは飛び跳ねたいほどの幸福。それを最大級の「永遠」で誇張した。その道が永遠に続く保障など何もないのに。

二人の爛れた共同生活

安東は、海が太陽を連れて行った先は夜で、永遠は二人の共同生活の闇だと推断。ロンドンで噂話になる破廉恥な同性愛の共同生活が、すでにこの頃から始まっていたとの深読み。ヴェルレーヌはランボーを呼び寄せると同時に保険事務員の職につき、夕食まで帰宅、まじめな夫を演じていた。ランボーにはひどい安宿から、少しはましな屋根裏部屋に移して、詩作可能の環境は与えたが、妻たちには内密。たまにしか訪ねてこなかった。「新しい韻文詩」に括られる一〇数篇の殆んどが、七二年五～六月にかけて作られている。「我慢の祭」の題も、暫くの辛棒の含み。二人の共同生活などあり得なかった。

二連は訳が悪く意味不明。平井啓之訳では「不寝番役《ねずばん》の魂よ／そっと告白しよう／うつろな夜よ／また焼けつく白昼《まひる》を」である。ヴェルレーヌも他の誰も来ぬ、虚ろな日々の独白。三連は、世間の馴れあいや興奮などから縁を切って、お前は自分の生きたい道を飛んで行くがいい、である。ヴェルレーヌとの変態の闇に、自分の文学の可能性を賭けたランボーとの推断の安東は、三～四連に二人の爛れた共同生活とランボーの警戒心を強引に読み、「やっと抜けてきた」とすり寄ってきても変態に付き合う「義務」はない、と辻褄合わせをして見せる。

四連も平井訳を見る。「なぜなら、燠火たちよ／繻子のつやもつお前たちだけが／〈義務〉

の姿を現じているのだ／とうとう、などとは言いもせず」とある。「繻子」は光沢美しい絹地。「繻子の煥火」は、美しい言葉を生み出す情熱の火種の象徴句である。おれを詩人にするのがお前たちの「義務」だ、と自分の内部の「他者」に言っている。とうとう行き詰まったなどとは言いっこなしだ、となる。安東のは思い過ごしの意訳である。

五連も平井訳は「さて希望もなく／〈救済〉も来るまい／じっと我慢で学問だ／苦しみはたしかだが」である。再度のパリで「詩人として生きる道」に再度歓喜したが、まだ見者行の確約はない。希望もなく救済もあるまい、は正直な実感。じっと辛棒して知識を身に付けよう。苦しみだけは間違いなく襲うだろう、の詩意。安東の「始まりはいっさいない」は意味不明。「刑苦は必定さ」は行き過ぎ。詩の文脈を見極めぬと、いかに頓珍漢な悪訳になるかの見本である。安東は seience《サイエンス》 を「学問（科学）」としているが、これには「知識」の意もある。知識の吸収は貪欲だったが、科学の道に彼は進まなかった。

ランボーの宿命を「刑苦覚悟の忍耐を伴う学問」とした安東は、それが『イリュミナシオン』に結実し、アフリカ放浪の実践につながる、と見立てた。彼の「刑苦」とは漠たる物言い。「刑苦」などはない。明らかな罪は、ヴェルレーヌを妻マチルドから奪い、二人を不幸にしたことだ。でも夫婦の肉欲の愛《アムール》など否定し、マチルドに勝ったのはおれだと「別れ」の詩に書き、ヴェルレーヌには嘘をついたと詫びている。「刑苦」と言えるほどの罪意識はない。『イリュミナシオン』に結実も、アフリカ放浪の実践も、とんだ見当違い。

「錯乱Ⅱ」の中の「永遠」

安東は『そのように読めば、「錯乱Ⅱ」の中に見られるヴァリアント（異文）は、いっそう興味深い』とし、「ああ、ついに幸福だ、理性だ、俺は天から青を分離した、青とは黒だ、……歓喜のあまり、できるだけ道化じみた、血迷った表現を選んだ」の散文詩を挙げ、続く「永遠」に入る。この散文詩の訳も意味不明。湯浅博雄訳では「ぼくは天から蒼空を、真っ黒である蒼空を引き離した」である。マチルド（天）からヴェルレーヌ（蒼空）を、真黒に拘束（夫婦愛《アムール》）された蒼空を引き離した、という詩意。ヴェルレーヌの争奪の喜びが爆発し、道化じみた錯乱した言葉を使ったという。「永遠」はそれである。

また見つかったぁ！
え？　永遠。
　太陽と
いちゃついてる海のやつ。
俺の一枚看板の心
きさまの誓いをしっかり看張れ。

孤独の夜も
燃える昼も。

まっぴらだよ、
泣いたり喚いたり
馴れあい芝居なんざ！
気ままに飛んでゆくか……

——希望はこんりんざいない。
始まりはない。
学問のあとは忍耐、
苦労はいずれ覚悟の上。

明日なんかたくさんだ、
繻子の燠よ
　おまえさんたちが灼けてれぁ
　それで義務《つとめ》は済んでるんだ。

このヴァリアントが作られたのは、七三年のいつ頃であろう？（中略）今にわかに断定するわけにはゆかないが、「錯乱Ⅱ」に描かれたものがヴェルレーヌとの何らかのいざこざを踏まえて成ったことは確かだろう。そうした事件の結果として、彼のいう「幸福の宿命」が見えてきたとすることは十分考えられる。（中略）

初作の「永遠」とヴァリアントの「永遠」を比較検討してみると、いくつか興味ある問題がある。技法の上から見ても、一八七一年までのランボーは、十二、十、八、四などの偶数音節をもつ伝統的ムジュールによって詩を書いてきた。七二年以降になると十一、九、五などの奇数音節をあえて用いる。これはその生硬さのゆえにとかく避けられてきた。「永遠」も五音節に拠っている。ところがヴァリアントになると、さらに破調を加えて自由詩ともいうべきものになる。「永遠」では単調なムジュールに制約されて効果を妨げられていた音の共鳴を、ヴァリアントでは生き生きしたものにしている。たとえば -elle と -eule 、-lans と -lon など、脚音のかわりに音の共鳴を強調することにより、それまでの詩には見られない軽快な明調を獲得することに成功している。

以下絵画との比較、特異な嗜好の偏執的な安定性に触れいるが省略。詩の六連も一連とほぼ同様で省略。「永遠」を含む「錯乱Ⅱ」は、七三年八月半ばの作。『地獄の一季節』が七月のピストル事件でヴェルレーヌとの訣別となり、地獄の自己葛藤の中で一気に書き上げられたもの。「錯乱Ⅱ」は地獄の葛藤から抜け出し、詩作の経緯を語り、詩人たり得た幸福を語り、この世の果てへ押し流される恐怖を語るものだ。「錯乱Ⅱ」の副題は「言葉の錬金術」で、七二年五月作の六篇が錬金術の手が加わり採録されている。安東が分析した「奇数音節に破調が加わり自由詩のようになった」が、錬金術の試みである。

安東訳も初作に比べ砕けた訳。詩意はがらりと変化するのに気付いていない。一連「太陽といちゃついてる海のやつ」は、変態共同生活を思い込んだ安東の意訳である。湯浅訳では「太陽と溶け合う海」と淡白。四連「――希望はこんりんざいない／始まりはない」は意味不明。湯浅訳は「――希望なんかありはしない／立ち昇ることもない」である。この四連は初作では五連にあったもの。そして「さて希望もなく／〈救済〉も来るまい」が、希望など
なく立ち昇ってもこないに変じた。これは地獄の葛藤を経、見者行も途絶えた心の露呈である。だから五連も湯浅訳「明日という日はもはやなく」と、「永遠」打ち消しの歌になっている。

安東には幸福のさ中の「永遠」と、絶望の崖っぷちの「永遠」の違いが読めてはいない。「いちゃついてる海」など駄じゃれる隙などはなかった。五連「明日なんかたくさんだ、……それで義務は済んでるんだ」の投げやりな調子も、ランボー詩の文脈を読めていない逸脱したもの。思い込みは詩までも捩じ曲げてしまっている。

年金生活者の自虐的夢

　彼はすでに八歳のとき、ある罰課のノートにこう書いた。「どうしてギリシア語やラテン語を勉強するんだろう？　僕にはわからない。要するに、そんなものはやらなくたっていいんです！　受け入れられることが何です？　受け入れられて何の役に立ちます？　何にもなりゃしない、じゃないですか？　ところがそれがそうなんだから。受け入れられれば、何等賞かが貰えるってわけです。でも僕は賞なんかほしくない。僕は rentier《ランチエ》（年金生活者）になるんですからね。」僕は年金生活者になる、まことに怖るべき思想である。

　これはどうひいき目に見てもそれほど無邪気ではない。自ら意識して反逆の態度を、それも人生の下向的志向を選んだところがある。もとより私は、ランボーがその後ことあるごとに、八歳の少年の日の言葉を思い出させるような言動を取らなかったなら、この言葉にさして執着する必要を認めない。

（省略）

　かつて八歳のランボーが「僕は金利生活者になる」と言ったその「金利」が、実は金利でなかったこともわかる。いうまでもなく近代資本主義社会における金利生活とは、典型的な小市民の生活であり、寄生的な衰弱の一現象である。よしんば一生食うに困らないほどの金利が得られたにしても、このことは変わらないし、一生食うに困らないほどの金利が得られるということが本質的な誤謬である筈のものだ。

（省略）

ランボーにとって年金生活者とは、小市民生活のささやかな幸福ではなく、逆にそれを拒否するための口実にすぎない。金利生活者にならぬために、金利生活者になろうと努力する。そういう彼にとっては、これが永久に到達不可能の自虐的夢であることぐらい充分にわかっていた筈である。しかしその結果彼には、片時も心の休まることのない、激しい肉体の消耗が課されることとなり、そこに「物」としての「衰弱」が定着されてくることも事実である。彼がときに「永遠」と呼び、ときに「幸福」と呼んでいるもの、また「見者」と呼んでいるものも、つまるところこれではなかったか。それは言ってみれば絶対的な始まりの時であり、そこに彼の言う「科学」に対する要請も生まれてきたと思われる。

省略箇所には、ランボーが食うためアフリカに放浪してからいかに金銭にうるさくけちであったか、また普仏戦争に負けたフランスは寄生的資本主義に変じて、植民政策も拙劣で年金生活なみと論じているが、要点をランボーに絞って縮めた。

rentier《ランチエ》の語には、年金生活者、金利生活者（特に国債による）の両方の意味がある。ともに小市民範囲のものだが、年金は働いて基金を積み立てて老後に受け取るもの。金利は余剰の金を国債などに回して生活のゆとりを得ようとするもの。それをわきまえてる筈の安東が、同等の言葉であるかの如く併記しているのは解せない。加えて「金利が金利でなかったこともわかり」、「金利生活者にならぬために金利生活者になろうとした」と持って回る。言葉の概念を無視した言葉の粘土遊びだ。

八歳、小学二年の子が「年金生活者になる」とは稀だろう。だが母ヴィタリーはロッシュ村での小地主で、祖父が年金生活者だった。その片鱗を知っていた可能性はないとは言えない。だが「金利生活者になる」との言はあり得ない。小学時代は、母に厳しいカトリック教育をしつけられていたさ中であった。「怖るべき思想」とは大げさ、少年のささやかな反抗心である。年金が「金利生活者」にすり変わり、金利が金利でなかったこともわかると言いながら、一生食うに困らぬ金利の得られるとは本質的な誤謬だと言う。論の筋立てがなっていない。

年金が年金でなく金利であった、その金利を追って一生困らぬほどの資産家になろうなどとは本質的な誤謬だ、と言いたかったのなら少しは筋は通る。しかし八歳の少年が年金ではなく金利願望と読むのは邪《よこし》まな解釈。その願望がアフリカ放浪まで一貫していたと見るのも大誤読。ランボーの人生は三段階に区切られる。一つは幼児から二度目の出奔後まで、二つは蟄居のうっ屈からアルプス越えで詩を捨てるまで、三つは放浪から死までである。一つ目は、教会の席料しか母に貰えぬ文無し。二つ目は、ヴェルレーヌに支援されての詩作行と訣別。金策の思案など何もなかった。三つ目は食うため生きるための放浪と人並み以上の銭稼ぎであった。

ギリシア語、ラテン語嫌いが中学時代にはそれで賞を取り、詩好きの少年に育った。年金生活者願望が続いていたら、中学中退後よりよい職を求めてしかるべき。それを嫌い何としてもと詩人の道に突っ走った。七五年二一歳から放浪して、八三年にアフリカのハラル支店長になって多少の蓄えが出来て行く。無駄使いせず、けちでもあったろう。でも金利生活者になろうなどの思いは手紙にもない。だが儲かる商売に手を出して大失敗。銃売り込みキャラバンである。金利生活者願望なら危険極まるこの冒険はしなかった筈だ。それは「金利生活者にならぬためになろうとする自虐的夢」ではなく、アフリカにきて冒険好きが高じたためである。

安東は「到達不可能の自虐的夢」に、ランボーの「永遠／幸福／見者」を加える。彼の目指したものは始まりでしかなく、科学を手にしたかったのもそのためと括る。見者の道は途中で断念したが既成詩を超える作品は残した。永遠は虚偽だが、詩人としての生きたい道だった。幸福はまともに三度味わったゆえ、絶対的始まりなどではない。残された詩は、一世紀強を越えて世界を悩ませている。

7　埴谷雄高のランボー

詩人に溜まるうっ屈のガス

「彼の書を近代の人間精神よりの隔絶に成功した一詩学の成果としてのみ見るならば、私達はつひに彼へ近づき得ないだらう。それどころか、そこには整理しがたき悪影響、不胎の産物のみが残るだらう」と、稿末で警告。埴谷雄高の「ラムボオ素描」である。『コスモス』第三号、コスモス書房、一九四六年九月発行に載った。発行者秋山清に乞われて書いたもの。札幌の小熊秀雄研究家八子政信さんが資料を送ってくれた。『埴谷雄高作品集５』河出書房新社、一九七二年刊にも集録。

敗戦翌年の発言。まだランボー熱は再発していなかった。「日本語に訳された西洋の近代詩は、ランボオに限らずすべて皆〝謎々〟みたいなもの」と言ったのは萩原朔太郎。それを踏まえて「方法と本質の統一化なくしては、私達はつねに〝謎々〟の復讐を受ける」と埴谷は括る。「方法と本質の統一」とは、象徴詩法の暗喩に分け入り真意に迫ることに尽きる。彼の詩集を近代精神をも超越した詩学上の一大成果と持ち上げてのみいては、彼の本質に近づけぬどころか、悪をそそのかす「見者詩法」の悪影響が残り、実のない不毛な模倣品のみがはびこるだろう。埴谷の警告はそう言ってるのだと思う。

しかし埴谷も「方法と本質」の扉を明け得ず、〝謎々〟は謎のまま。埴谷の素描は、まず手紙からうっ屈した精神の助走をみる。一八七〇年五月、バンヴィル宛「先生、私は神明に誓って、ふたりの女神――ミュウズと自由とを常に崇拝いたします。」七〇年八月、イザンバァル宛「私は途方に暮れてゐます。病人になってゐます。むかっ腹を立ててゐます。……何もない！　郵便は本屋に何にも送って寄こさない。巴里はわれわれを愚弄しきってゐるのだ。」七〇年九月、イザンバァル宛「してはならぬとあなたから言はれてゐたことをしてしまひました。家を去って巴里にやってきたのです。囊中《のうちゅう》無一物で汽車賃一三フランを払えず、下車の際逮捕されて今はマザス監獄です。」

七〇年一一月、イザンバァル宛「死にさうです。平凡、邪悪、陰鬱の中で腐りかかってゐます。さあ、帽子を被って外套を着て、両手をポケットに突っこんで出て行かう。だが発たずにゐます。このまま留まってゐます。」結局、自身を抑へきれぬラムボオは、七一年二月末、陥落後の巴里へ直行した。各書店の棚に並べられた戦争文学の氾濫のみを眺め、パリ・コムミュン直前に帰ってくる。七一年四月、ドゥムニィ宛「知らねばならぬことをば何一つ知らず、為さねばならぬことをば何一つせぬことに肚を定めてゐるのだから、私は永遠の昔から未来永劫まで刑罰を背負ってゐる人間です。今日万歳、明日万歳！」

文は要点を圧縮。埴谷訳の手紙の一部と地文を挙げ、ランボーに溜まるうっ屈のガスを見た。バンヴィルには詩人になりたくて詩を送り、普仏戦争の中で二度出奔して師イザンバールに手痛い叱責を食らい、謹慎を余儀なくされる。やむにやまれぬ三度目の出奔で、ドイツ軍のパリ入城を見て三月一〇日に徒歩六日で帰郷。パリ・コミューン蜂起はその八日後。その激動の中で「見者」を目指すランボーが生まれたのである。

埴谷も「詩に対する純一な愛情しか持たぬ彼の手紙に、この頃から異様な力強さが現はれてくる。その本体は明らかではないが、彼が彼自身の確信へ近づきつつある前触れが窺はれる」と述べている。「その本体」は、無意識より出現した「内なる他者」であった。C・G・ユング著、松代洋一訳『創造する無意識』平凡社、一九九六年刊より、要点を明記しておく。

ユングの『創造する無意識』

芸術作品は大別して二種類ある。一つは「作者の意図と決断の下に成り立つ作品」がある。意識により計算された作品である。もう一つは「全体として出来上がったものとして、まるですっかり武装したバラス・アテナ（知恵の女神）が父ゼウスの額から飛び出したように、作者の筆に流れ込んでこの世に生まれ出た作品です。こうした作品は文字通り作者に押しかけてきたもので、彼はそれに捕えられ、ひとりでに筆が動いて書いたにすぎず、彼の精神はあれよあれよと眼を丸くするばかり。」

そのような現象とは？「おのれの一番内奥の本性が現れ出て、自らわが舌に語れと命じた覚えのまるでないことどもを、声高らかに告げ知らせているのに気づかされるのです。彼はただ黙って服従し、一見他所からやって来た衝動に従うことしかできません。」ではその現象の正体は？

「私は、今まさに生まれんとしている作品を自律的コンプレクスと呼びます。この言葉は、初めはまったく無意識の内に形成され、意識の境界にまで達したとき意識の中にも入ってくる、一切の心的形成物を指しています。そのときそれらと意識との間に結ばれる関係は、同化や吸収でなく知覚です。自律的コンプレクスは気づかれはするが、意識のコントロールには従わず、阻止もされなければ任意の再生にも応じないということです。これはコンプレクスが自立的な所以《ゆえん》であり、持って生まれた傾向にふさわしく現れたり消えたりして、意識にはまったく左右されません。」なぜそのような現象が生ずるのか？

個人的無意識は意識の直下にあるが、もっと内奥にある無意識を太古からの「集合的無意識」とユングは呼ぶ。集合的無意識が活性化して自律的コンプレクスが意識に現出するのは、「個人の人生における危機や、そこでの希望や可能性の喪失する」追い詰められた状態で生ずる、と言っている。ランボーの手紙の推移は、まさに追い詰められた心の牢の中であった。そこにパリ・コミューン蜂起の朗報が飛び込み、集合的無意識の活性化を見た。そして「見者の手紙」の理論が滔々と吐き出され、意識に出入りする明晰な知を彼は「他者」と呼んだのだ。

長くなったが、埴谷の「異様な力強さのその本体は不明だが」の気付きに添って、ユング説を紹介。既存のランボー論に欠如しているのは「他者」の把握である。埴谷の「方法と本質の統一」もその認識なしに成り立たない。その「他者」は詩放棄とともに消滅する。だから彼の人生は、出生から二度目の出奔後までの第一期、他者出現から詩放棄までの第二期、放浪から死までの第三期に分けて考察しなければ、本質に迫れない。

彼を引き留めた「思想」とは

「私は労働者になります。――狂ほしい怒りが私を巴里の戦争へかり立てる時に私を引き留めるものは思想です。かうしてあなたに手紙を書いてゐる間も幾多の労働者が今以ってこの戦争で死につつあるのですが！　今働けといはれてもそいつは駄目です。私は目下ストライキ中なのですから。」（イザンバァル宛、一八七一・五・一三）

予備折衝も示威運動もなくいきなり敢行された奇妙なストライキこそ、ラムボオの革命宣言であった。自由の女神、謂《い》はば彼の半身が今血みどろな姿で巴里から呼んでゐる。革命へ対する熱情は、フランス人にとって大革命以来、血で血を浄化してきた人間存在の条件であり、肉体化された信念であった。それは直截な生活感情であったのだ。（中略）

一八七一年三月十八日――歴史上最初の無産者独裁が試みられたこの内乱については、マルクスの『フランスの内乱』、『ルイ・ボナパルトのブリューメル十八日』に於ける精密な分析を見るが好い。ラムボオが前掲の手紙を書いた五月十三日の頃は、五月末の壮烈な巴里市街戦の終幕へ刻々と近づきつつある殺戮と苦闘の高潮期なのであった。

けれども「死にゆく労働者」に就いて、自由、平等、博愛の伝統を素朴に表明するラムボオが、しかもなほ彼自身「労働者」であり、「私は目下ストライキ中」と敢へて素気なく宣言するとすれば、彼を引き留めた「思想」とは、彼にとって巴里以上の巴里、自由以上の自由があった筈だ。

私は労働者になるは「いずれ」であり、まだ労働者ではない。「今働け」と言われても嫌だ。「目下ストライキ中」は、就職を急き立てる母や、社会に役立つ人間になれと説教するイザンバールに対する拒否である。「革命宣言」などの大げさなものではない。「革命への熱情はフランス人に肉体化された信念」は、埴谷の買いかぶり。パリに出たランボーはコミューン革命を無視する市民の趨勢に愕然とするのだった。埴谷がマルクスの二著書でパリ・コミューンを知っていたのは稀なこと。昭和初期に共産党入党・検挙・投獄・転向を経た一知識人の痕跡である。一九七一年に大佛《おさらぎ》次郎『パリ燃ゆ』上中下巻、朝日新聞社刊があるが、ランボー研究者の殆んどがこれさえ読んでいない。

パリ行きをとどめていたのは「見者理論の確立」である。一五日のドメニー宛「見者の手紙」でそれをまとめ上げ、「急いで返事を下さい。一週間後にはパリに行っているから」と末尾に書いている。その理論が「見者の思想」であり、パリに出てコミューンの義勇兵となるとともに、詩人としての自立も意志していた証拠である。それがランボーの目指すパリであり、自由であった。五月末のコミューン壊滅で頓挫してしまう。

母や二先輩のパリ行き妨害

見者論は既に表明されたが、彼の作品は未だに足踏みしてゐた。「初期詩篇」の殆んど凡てに見られる生硬な青臭さは、彼の見事な理論によっても拭ひとられてゐなかった。彼はまだ自身の軌道の上に密着してゐなかった。

『イリュミナシヨン』へ推移してゆくやや明確な過程は、「聖堂に於ける貧しき人々」、「七歳の詩人」等の詩篇に窺はれる。けれどもそれは、如何なる花弁をつけるか、なほ予測され得ぬ萌芽に過ぎなかった。彼の「思想の花開く場面」が私達を眩暈《げんうん》せしめるためには、さらに自己の法則を自身へ厳密に強制する頑強不屈な労苦を必要としたのである。

「私は御承知のことのために、一年以上も前から通常の生活を棄ててゐます。……下司《げす》でたちの悪い質問だの呼びかけには唯沈黙で答へるのみなものだから、法の範囲外にある地位に於て私が立派な態度をとるものだから、たうたう鉛の帽子を制帽にしてゐる七十三の行政部と同程度に頑強な一人の母親の残虐な決意を誘発してしまひました。彼女はシャルルヴィルで一生涯やれる仕事を私に無理矢理押しつけるつもりだったのです。いつのいつまでに何か仕事を見つけろ、でなきゃ追い出すぞと、これが彼女の言ひ草でした。

……今日までは、なんとか回避できましたが、彼女はここまで来てしまひました。――私が出て行くのを、私の逃げ出すのを、絶えず願ってゐるといふところまで！　素寒貧だし、経験もなし、私は懲治場に入るやうになってしまひさうです。そうなったが最後、私の消息が絶えるわけです。」（ドゥムニィ宛、一八七一・八・二八）

埴谷の「初期詩篇」解釈は、作詩時期の考慮がない。「見者理論」後の作品は、「拷問にかけられた心臓／パリの軍歌／ジャンヌ＝マリの手」などから「酔いどれ船」に至るもの。「聖堂に於ける貧しき人々／七歳の詩人」はそれ以前のもの。また『イリュミナシオン』は、ヴェルレーヌとの見者行がかない、「見者詩法」の実践として書きためた詩篇。「七歳の詩人」などからの推移は、心境や詩の激変から考慮してあり得ない。埴谷は象徴手法の変化が読めていない。

彼の「思想が花開く」ために「頑強不屈な労苦」は必要だった。母や二先輩のパリ行き妨害・非協力がそれである。ランボーは追い詰められながら望みを捨てなかった。「法の範囲外にある地位に於て私が立派な態度をとるものだから」は訳が悪い。湯浅博雄訳「治外法権の立場を厳然として守り通したので」で意が通る。ここまでは「ドムニーに職探しを頼んでいる」で母の攻めを凌いできたが、もう通用しなくなった。家を出ても金はなし、世渡りする経験もない。「懲治場に入る」は、湯浅訳では「感化院に入る」だ。そこに拘束されては浮かぶ瀬もなし。

この手紙は、パリに出て自由な身で働き詩を書きたい、安賃金でもいいから自由でいられる仕事があったら教えて欲しいと、再度懇請したときのもの。ドメニーが一縷《いちる》の蜘蛛の糸だったが、音信不通となる。それならばヴェルレーヌを紹介してやろうと、先輩知人で税関吏で神秘主義者のブルターニュが間に立ってくれた。そして「酔いどれ船」の傑作を生む。パリ上京後はパリ詩壇との決裂が生じ、ピストル事件でヴェルレーヌとの訣別となった。これも彼の「思想（詩）が花開く」ための試練。詩はその重圧を這い上がり、『地獄の季節』となる。

実験室と精神の解剖図

大別すれば『イリュミナシヨン』（一八七二年）は彼の理論の実験室、『地獄の季節』（一八七三年）は実験する彼の精神の解剖図である。（中略）ラムボオは自然へ見開く豊かな視覚から出発した。けれども自然が無限なごとく、彼の努力は無限に追求されねばならなかった。「眼に見えないものを検《しら》べ、前代未聞のものを解する」まで――。

この時代は、視覚究明の時代であったと言へる。ラムボオが視覚を「あらゆる感覚」へまで拡大してゐるとき、他方では視覚の分析が行はれてゐた。『地獄の季節』が書かれた翌年、一八七四年の展覧会には、クロード・モネの「印象」が現はれてゐる。……この印象派画家達の「色調分割」は、光と色彩についての探求であった。

けれども、事物の本質を一つの対象の精査の裡に究明する努力は、ラムボオの意図するところではなかった。また、あらゆる色彩を創造する唯一の源泉「太陽の光」の地位すら、彼が望んだかどうか疑はしい。明暗、善悪、美醜の対照とニュアンスをも持たぬやうな彼としては――。彼は「あらゆる感覚の、久しい、際限の無い合理的な錯乱」によって、「未知に到達」しなければならなかった。

一八七二年『イリュミナシオン』は間違い。当時の海外の研究もあいまいだった。詩篇はロンドンに渡る折（七二年）の「海の絵」から書き溜められるが、ヴェルレーヌにより『ラ・ヴォーグ』誌に発表されるのは八六年である。詩篇は七四年まで書き継がれたことも証明されている。「見者」の詩の実験室だった。

だが『地獄の季節』を「実験する精神の解剖図」とする把握は的外れ。解剖などの冷静さはない。見者行の支援者を失ったランボーの内面の格闘図である。ユングの『創造する無意識』に次の一節がある。「芸術家は無意識に働いている人類の魂の、彼は担い手であり形成者なのである。……彼の人生はいきおい葛藤に満ちたものとなる。彼の中に二つの勢力がせめぎ合っているからである。一方には幸福と充足と生命の安全に対する当然の要求を持った普通の人間がおり、他方にはがむしゃらな創造の情熱があって、必要とあればあらゆる個人的な願望などは踏みにじって通る」という見事な分析。

この言葉ほどランボーの「地獄の夜」の心理を読み解いたものはない。『地獄の季節』は、「素顔のランボー」と「内なる他者」の葛藤であり、「素顔」が「他者」に言い負かされて、再び詩の道を進もうと決意した詩集である。ピストル事件を経て唐突に書かざるを得なかったもので、『イリュミナシオン』のように意図された詩篇ではない。がむしゃらな「他者」の傲慢が際立っている。

歩き魔のランボーにとって、「自然」は最も信頼の置ける偽りないもの。だが詩は自然からの出発でもなく、目的でもない。「見者詩法」が目指したのは、既成の美・道徳・価値の破壊と新しい美・価値の創造である。それがまだ「眼に見えない美であり、前代未聞の価値」である。「あらゆる感覚の合理的な錯乱」は、その「未知に到達」するための方法論。モネにからめての論及はお門違い。「明暗、善悪、美醜」の微妙な差でなく、明確な差を提示しようとした。「太陽の光を望んだか疑はしい」には、「太陽の子」の自称があること、「夜明け」が『イリュミナシオン』にあり比肩するものなしの太陽讃歌である。

最後の審判的怖ろしい自然

『イリュミナシヨン』に於ける自然の扱ひ方は、そのやうな無惨なものではなかった。互いに囁き合ひ、照応するごとき自然と人間との神秘的な共鳴や交感が、勿論、そこに存したわけではない。彼は殆んど人間から独立した自然のみを見た。そして彼が否定し得た自然の図は、次のごとき「最後の審判」的な怖しい構図であった。

「いやいや今こそこの世は火室となり、逆巻く海、地下の狂熱激怒した遊星、やがてはものもの必至の勦絶だ。恐らく誠ある人々には、心構へよと明かされてゐた。聖書にも、『諸原理』にも、幽《かす》かに、狡猾《こうかつ》に、仄《ほの》見えてゐた定《き》まり事だ。――なかなか伝説どころの話ではないのだ。」（地獄の季節・歴史の暮方）

けれども事物の本質へ迫るかに見えるこの怖ろしき透視は、しかもなほ謂《い》はば近代科学の限界裡にある。冷静な非情な直観の範囲にとどまってゐた。――医《いや》しがたい、激越な、憤怒をこめた全一的な否定の調子は、つねに「人間的に」構築されたものへ向けられた。彼のその軀《からだ》を置いた日常の生活は、彼の憤怒の延長線上のみにあったのである。

私達は彼の楽弓によって潰滅された死物の間に身を横たへ、彼の姿を見上げてみよう。違った角度からものを眺める新鮮な眼をかすかに見開いて――。累々たる死屍《しし》の上に、「人間的な」死物の上に、近代の宿命を「際限もなく」負って立ち去るラムボオの姿が見えてくる。彼はボオドレエルのごとく幽暗に装はれてゐない。彼は赤裸だ。しかも野蛮人の羽毛、赭泥《しやでい》で仮装しようと試みた傷口もそこに見える。

「最後に俺は自ら虚偽を食ひものにしてゐた事を謝罪しよう。さて行くのだ。だが、友の手などあらう筈はない。救ひを何処に求めよう。」（地獄の季節・別れ）

肩点は私。『地獄の季節』と対比して『イリュミナシオン』の自然は無惨でなかったと言い、だが怖ろしい自然否定のものもあると、「歴史の暮方」の一部を挙げる。これは自然図でなく、世紀末的観念図である。仏教の地獄図と同様のもの。「地下の狂熱激怒した遊星」と「もののの必至の勦絶《そうぜつ》」は訳が悪く、中地義和訳「地下が燃え上り、惑星が猛り狂い」、「すべてが死に絶える時」とわかりやすい。（地獄の季節・歴史の暮方）は間違い。（イリュミナシオン・歴史の暮方）である。

埴谷が「人間的構築物への憤怒」に気付いたのはよい。「潰滅された死物」などは何もなく、既成の美・道徳・価値（構築物）に追い出されたのはランボーだった。二詩集が世に問題視されるのは彼の死後である。彼は「近代の宿命」など負っていない。「人類の魂」の代行者として、否められた人間の在りようを「より健全な姿」に転換しようと試みたのだ。「酔いどれ船」に「百万の黄金の鳥たち」未来の子供よ、お前たちはどの時代の闇に隠れているのか、という詩句がある。「より健全な姿」を受け継ぐ者たちへの期待が込められていた。

ランボーの「傷口」として「別れ」の詩句の「謝罪」を挙げている。「見者詩法」の虚偽でヴェルレーヌを食いものにした自責のことだが、これは弱気な「素顔のランボー」のセリフ。詩の後段は「他者」のセリフに切り替わるが、「虚偽、謝罪」など無視。「俺には、魂の裡にも肉体の裡にも、真実を所有する事が許されよう」と大変な自負で括られている。「別れ」はヴェルレーヌに改めて「さらばだ」と言い放った言葉。『地獄の季節』はユングの『二つの勢力のせめぎ合い』を如実に示したサンプル。ユング心理学の証明であったと言える。

8　飯島耕一のランボー

非常に面白い「我とは他」

敗戦直後中学生だった飯島耕一は、上級の連中がみな小林秀雄のランボーに相当いかれていた、だから「小林秀雄の投げつけたランボーとは違うランボーを発見しよう」と思い立ったと、「ランボーと古代インド思想」（一九七一年）に書いている。彼のランボー論九篇は『ランボー以後』小沢書店、一九七五年刊にまとめられている。飯島は五二年に東大仏文科卒。五三年に詩集『他人の空』でデビューした。

小林訳『地獄の季節』刊行の翌三一年、滝口修造はその書評「アルチュール・ランボー」を書いた。滝口のランボー論は評論集『シュルレアリスム』にあるらしい。飯島は敗戦後それに共鳴。「小林秀雄は『地獄の季節』、滝口修造は『イリュミナシオン』である」と区別し、「滝口が人生論ではなくランボーのうちに未知の光を見た人を見、特異な物質狂を見ているのに反し、小林は結局は、幻視の人ではなくレアリスムの人としてとどまる」と評している。

ポール・ドムニー宛「見者の手紙」に非常に変った一節があり、Car Je est un autre と言っている。「何故なら我とは他である」と言っているんです。非常に面白いところです。「我は他者なり」と訳す人も多いけれど、要するに「我とは他」ということです。その後面白いたとえで「銅が朝眼醒めてみてラッパになっていたとしても、それは銅のせいではない」と言っている。「我は他なり」と言って、ラッパになってもそれは銅のせいだろうかと言っているところが非常に面白い。「我＝他」の思想をそこで出しているわけです。

ランボー理解の第一難関に触れている。「ランボーと古代インド思想」で言及。冗漫な文ゆえ文意を枉げず絞った。以下同様とする。切角「何故なら」の接続詞を取り上げながら解明がない。前段の文の含みがあり「このように言う私は一つの他者」とは捉えていない。「我＝他」を面白がるのは、シュールレアリスト飯島の相異なるものの一体化好みからきている。西洋のシュールもその源のランボーも、既成価値の破壊に思想の眼目があったのに、日本の模倣シュールは方法論に終始した。「我＝他」は思想ではない。稀なる出現の現象である。

銅のような素材でしかない自分が、ある朝気が付いたらラッパのような完成品になっていた。それは自分が完成させたものではない。滔々と論じたロマン派批判も、自分の中の完成品である他者が語ったものだ。これが「見者の手紙」の詞意である。「我の中に我を誘導する他者が住みついた」と明かした。『地獄の季節』はまさにその「他者」と「素顔のランボー」の葛藤であるのに、飯島には何も見えていない。

小林の暗い『地獄の季節』を嫌い、滝口の『イリュミナシオン』の未知の明るさに救いを感じること自体、偏愛の姿勢である。『イリュミナシオン』は、見者行で書こうと思って書いた作品。『地獄の季節』はヴェルレーヌとの訣別の中で唐突に書き上げてしまった作品。『地獄』を抜きにランボーを語ることも、『イリュミナシオン』を読み解くこともできないと言える。

東洋の叡智バラモン教

「ランボーははっきりわれわれは東洋の叡知を失ったとか、もう一度東洋の叡知に戻ろうという風に言っています。そのときランボーの頭にあるのは古代のインド思想、インド教いわゆるバラモン教であるようです」と飯島の言。東洋の叡知がなぜバラモン教に絞られるのか。強引な仮定。あり得ない。バラモンは古代インドの最高階級の僧侶・司祭たちのこと。一六歳で自分を拘束してきたキリスト教の偽善・非人間性に気付き、自由を求めたランボーが、最高階級の叡知など求めるわけがない。

「古い宗教詩の『リグ・ヴェーダ』が英訳されたのが一八七五年、……ランボーが詩を書いた同じ時代にフランス語にも訳された。ランボーが読んだという証拠はない」としながら、古代インド思想を披歴。『リグ・ヴェーダ』や『ウパニシャッド』に、宇宙の根本原理や根本存在であるブラフマンと、呼吸・生命・自我を意味するアートマンがある。これが個において一つになると悟りの世界に入り、解脱が生じると述べる。「ランボーが見者になるとは〈我＝他〉

の状態であり、その状態は愛の状態で、太陽の子の状態である」と括っている。

七五年はランボーが詩を捨てアルプスを越えた年。影響のある筈がない。バラモン教は研究対象にはなれ、東洋の叡知と言える広がりはない。老荘思想や仏教に見られる「空無」思想が、東洋の叡知と呼ばれるものである。キリスト教や西洋の科学は、物ごとを割り切る傾向が強い。ランボーは東洋の割り切れぬ空無思想に、生きる知恵を得ようしたものと思われる。

シュールな花々のイメージ

「ランボーと〈花について誰かが詩人に語ったこと〉」（一九七一年）というのがある。パリの大御所詩人バンヴィルに、一七歳のランボーが送った高踏派詩人罵倒の詩。四行四〇連に及ぶ長詩である。研究者イヴ・ボンヌフォワの「もっともすばらしい詩の一つ」を紹介し、無作法にバンヴィルが罵られても仕方がないと肯定しながら、どうすばらしいかには立ち入らない。中原中也、西脇順三郎らの花についての関心度に触れ、ランボーの具体的花の多さに感心しているのみ。

最後に「詩が進行するほどにランボーはますますたけり立って、鼻面に似た花々を、火と卵のつまった萼《がく》を、椅子にもなる花々を見つけ出せと叫ぶ。黒い鉱脈の奥で、かたい亜麻色の卵巣のあたりに、宝石のような扁桃腺をもつ花を見つけるがいいと彼はいい、花についてうたうことでこの真実も愛もごまかされた現実を告発しているのである」と結んでいる。後半のシュール並みのイメージの面白さをつまみ上げて喜んでいるが、詩句への潜入はない。この詩は花々や性的恍惚美を追い求める高踏派詩人に、明日はないと唾棄したものだ。

暗示に満ちた「花について誰かが詩人に語ったこと」に考察がない。誰かは誰で、詩人は誰かに首を傾げていない。「我＝他」がここにあるのに。「内なる他者」が詩人ランボーに語ってくれたことの意である。バンヴィルは彼の「他者」など知る由もなく、ひねった題も不明な筈。だがランボー研究者には、「他者」理解の導入口であることに気付いて貰いたい。

ダリ的毛深いコルセット

詩に立ち入った「Aは黒」（一九六八年）がある。「母音」一連の原詩・訳詩を掲げ、『ランボーにとって、Aのアルファベットは黒のイメージだ。ヴェルレーヌは「ランボーはAが赤いか緑色かなどは、どうでもよかった。それだけのことだ」としている。この言葉どおり、ランボーにそんな意識はなかったとしてよい。これは一度でも詩を書いたものにはわかることだろう。しかし「Aは黒」A noir（アー・ノアール）というのは音声の上から、われわれフランス語を母国語としないものから見ても、非常に調和がとれている』と述べている。

ヴェルレーヌは判断できず、詩意も不明だっただけ。「一度でも詩を云々」は、詩のイメージは適当なものと類似の言葉。ランボー詩が適当なイメージの詩なら、誰も食いつかぬだろう。勿論母音と色の組み合わせはランボーの主観によるもの。フランスの現実を見据え、憤りと願いをこめた「母音」である。適当なあいまいさなど、入りこむ余地もない。

A《アー》は黒、E《ウー》は白、I《イー》は赤、U《ユー》は緑、O《オー》は青、母音たちよ。
ぼくはいつの日にかおまえたちのひそかな誕生を語ろう。
A《アー》、狂おしき悪臭のまわりをうなり飛ぶ
きらめく蠅どもの毛むくじゃらな黒い胴衣。

「Aは黒」というところから、きらめき唸る蠅がたかって、毛むくじゃらに見えるコルセットというイメージがひき出されているが、毛むくじゃら、毛深いコルセットには、ダリを思わせるところがある。その蠅は狂おしいひどい悪臭のまわりを、うなりあげて飛んでいる。このイメージを女性のセックスのイメージととることも不可能ではなく、現にそのような解釈で「母音」全体が、性交時の女性の姿態をとらえているとする説もある。この解釈はいくらか滑稽だが、一応念頭に入れておいてよい。二連の始めの「暗い入江」も、女性の性器の暗喩ととれなくはない。

醜い映像をソネットにこめたのは、ランボーが初めてだろう。そこにダリを重ねるのは勝手だが、性交時の女性説を肯定するのはいかに飯島が、詩句の片鱗も読めていないことの露呈で

しかない。「母音」を女性の肉体（性交時ではない）に見立てたのは、ロベール・フォリッソンというフランスの地方高等中学校教師である。Aは女性の鼠蹊《そけい》部と見て恥毛の黒を。Eはギリシア語のε（エプシロン）で横にすれば乳房の白。Iも横にすれば唇で赤。という調子の出歯亀的女体説。話にならない。

「花について誰かが詩人に語ったこと」の七連に、「おお詩人たち、きみたちがあのバラの花々／月桂樹の茎の上で紅《くれない》の／無数の八行詩句で派手に飾られ／ふくれ上ったあのバラの花々を、手に入れても！」がある、飯島訳がなく平井啓之訳を挙げた。花を愛《め》でる詩人たちが、高木の月桂樹（上流階級）の上で茎を伸ばし、華やかでつんと澄まし虚飾にふくれ上がった花々を、たとえ手に入れても！　の意である。フランスを腐敗に導く政治家たちが、悪臭を放つ月桂樹で、そのまわりを飛ぶ女性たちの蝿が、黒い欲望の胴衣をひけらかすのだ。これが「Aは黒」の意。二連の「暗い入江」も女性器などではない。

言葉と言葉の恋の音韻美

忘れてならないのは、「きらめく」という意味のエクラタント（éclatantes）の形容詞は、その上の行最後の「ひそかな」あるいは「潜在的な」の意味のラタント（latentes）という言葉と脚音を合わせたものであり、「狂おしい」のクリュエル（cruelles）は、第一行末尾の

「母音たち」のヴォワイエル（voyelles）と韻をふんでいることである。これらの言葉はイメージや意味から出てきただけではなく、韻を合わせるところからも出てきたのだと考えねばなるまい。（中略）音声上の必然性と韻の上でこれらの言葉は互いにひき合い、シュルレアリストの言うように、言葉と言葉は恋をしているのである。

韻に触れた論考は少ない。有難い教示だ。だが音韻美を主眼としたのはマラルメ。「母音」はランボーの初期詩篇。ランボーの音韻美は「新しい韻文詩」までだろう。肝腎の二詩集では韻のちまちまも越えて行く。「言葉と言葉が恋をしている」程度の詩は、日本のモダニズムやシュールの詩にあるのだろう。ランボーの主眼は既成価値の破壊にあり、意味も映像も鋭く突き出されているから、多くの研究者が食い下がってきたのだ。

「ランボーを根底から知るためには、原詩でじっくり読まねばならない。訳だとランボーではなく、小林秀雄や中原中也や粟津則雄の日本語を読んでるだけだ。（中略）小林氏のランボー神話に幻惑されすぎると、ランボーの繊細さ、金属的なほどの明るさ、糞尿愛好症風のじめついたところ、デリケートに衰弱した光が見逃されてしまうおそれがある」と飯島は言う。

原詩を読める人は読んで欲しい。読めぬ私はその恩恵に与かってきた。だが諸訳の誤読が多過ぎるので『ランボー追跡』二〇一一年刊を出した。繊細な部分はわからぬが詩意は読めた。読める飯島が『地獄の季節』は読むに堪えないと逃げ腰なのは何故か？　二詩集に潜入せずに

「ランボーを根底から知る」ことなど出来ない。誤読の山を破壊することもまずは先決。

観念と意味で受けとめる愚

「本能のリズムによって、いつの日かぼくはあらゆる感覚に通じる詩の言葉を発明するとひそかに思っていた」これは『地獄の季節』の一節である。「そしてついに、おお幸福よ！　理性よ！　ぼくは空からあの黒っぽい青というやつをひっぺがした。そして本性に戻った光の黄金の火花となって生きた。喜びのあまりぼくは、あたう限り道化た気違いじみた言いまわしを選んだ」とランボーは宣言する。「Aは黒」――彼は「黒っぽい青」をひっぺがえして、ついに「黄金の火花」となって生きることを夢みる。ランボーの「母音」に黄金色はない。しかし最後のOは高らかな、至高のラッパの響きとなって爆発しているではないか。詩という生きものを、ただ観念と意味で受けとめる愚はもう廃《よ》したほうがいい。

最後の括り。引用詩句は「錯乱Ⅱ」のもの。「本能のリズムによって云々」は、「ぼくは母音たちの色を発明した」に続く一節。本能のリズムであらゆる言葉を発見してやろうと「母音」のころ思っていたという回想である。「ぼくは空から黒っぽい青云々」は、「母音」とは別の話。飯島訳は意味不明。湯浅博雄訳では「ぼくは天から蒼空を、真黒である蒼空を引き離した」である。これはヴェルレーヌ争奪事件の話。青空であるべき詩人が、夫婦愛に拘束され詩も作れぬ黒い青空となっていたのを引き離し、青空に戻してやったと言っているのだ。

これはベルギーでヴェルレーヌを連れ戻しにきた妻マチルドから、再び彼を奪い見者追究の道行きが可能になった時のことである。だから幸福よ理性よと叫び、喜びのあまり黄金の火花となり、道化た気違いじみた言葉も使った。「また見つかった！　永遠」などがそれ。飯島は「黒っぽい青」もわからず、黄金色は「母音」にない、至高のラッパが爆発している、などの愚かな言葉を並べて詩を殺し、「観念と意味で受けとめる愚はもう廃せ」と検閲官ぶっている。イメージと音韻のみが彼の詩か。

「母音」のOは爆発などしていない。Oを鋭い叫びに満ちたラッパの口と直感。その蓋を開ければ三千世界や宇宙があり、人間の多様な願望が詰まっている。その宇宙の奥から届く光明に明日の希望をつなごうという詩意のものだ。詩は言葉である限り意味がある。そして暗喩の鋭いほど人を揺さぶるエネルギーを持つ。また観念は創造の原点。観念を否定したら芸術はない。観念にしろ実在にしろ、駄目なものは駄目、良いものは良いのだ。詩という生きものを、歪めて扱う愚は廃めたがいい。

デペーズマンが大好き

次に「『イリュミナシオン』を読む」（一九六九年）に触れる。「イリュミナシオンというのは、雲間からさっと光が射すことだろうが、『地獄の季節』の力業の格闘後に、イリュミナシオンが起り、夢想の花火があがったのだ。夢などというものはすたれたものにすぎないと一度は言いながら、もう一度、夢と新しい愛を求める声をランボーは発している」と捉えている。

仏和辞典で「イリュミナシオン」は、①照明、②霊感、ひらめき、③（古写本の）彩色画、とある。小林秀雄は「飾画」の訳。飯島は雲間からの光と解釈。私は「霊感」であると思う。

見者行のランボーの詩は、「内なる他者」のひらめきに依存したものだからだ。この詩集の内容は「飾画」などで括れるものではない。小林の初訳が指摘のないまま居座っただけだ。

最初の「大洪水後」は、読み進めてまたここに舞い戻るほど新鮮みがある、と飯島は言う。

『「マダム＊＊＊がアルプスにピアノを据えた」というところが、二十年前から好きだった。シュルレアリスムのデペイズマン、あるべからざるところに何かがある面白さがここにある。（中略）この詩は大洪水よもう一度起これ、大洪水がひいてしまっては倦怠しかないで終る。ボードレールの倦怠《アンニュイ》がここに見出されて、虚をつかれる』と。

デペーズマン（違和感）の面白さだけに関心があり、内容には無関心。研究者ボンヌフォアの言うように「大洪水」とは『地獄の季節』のことだろうと適当な解釈であり、大洪水後は倦怠しかないとは虚をつかれる、とは何のことやら。この詩はロンドンに初めて渡ったころの『イリュミナシオン』の初期のもの。『地獄の季節』以前である。自己葛藤もヴェルレーヌとのいざこざもない、見者行の喜びのさ中であることが、詩の呼吸の中にある。「大洪水」はノアの大洪水説が大方だが、私はパリ・コミューン蜂起の暗喩と見る。だから末尾に「また大洪水を起こしてくれ」があり、コミューン壊滅後の「倦怠《アンニュイ》」があるのだ。意味など愚とする飯島に見えるわけがない。

近代文明嘲弄の「民主主義」

《旗はひどく不潔な風景へと進む。われらの兵隊《パトワ》隠語で太鼓の音も鈍くなる。

《要所要所でわれらはこの上もなく汚濆《おとく》を繁殖させるだろう。われらはもっともしごくの反抗の暴徒らをぶちのめすだろう。

《いざ胡椒《こしょう》のきいた、水びたしの国へ！　——工業にせよ、戦争にせよ、もっと非道で巨大な経営に従うのだ。

《ここでなくともどこでもいい。自ら志願の兵たるわれらは邪悪な哲学をもつのだ。学問には無知でも、生活の安楽には抜け目なく。進んで行く世界のためにはお陀仏もよし。これこそほんとの前進か。前へ、すすめえ！

これは『イリュミナシオン』末尾の「民主主義」である。この詩はランボーがオランダ植民地軍に入り、バタビア行きの経験を踏まえたものだと言う。粟津則雄も同じ説。バタビア行きは一八七六年。七五年に詩を捨てているからあり得ない。七四年ジェルマン・ヌーヴォーとロンドンに渡るが、その彼にも逃げられ、一人ロンドンに滞在していたときのものだ。詩に孤影がある。イギリスは民主主義の先頭にありながら、侵略植民地政策を進めた国。それを抉り暴露した詩である。

飯島は「民主主義という便利な、体制側にも反体制側にも利用される言葉を題にして、進歩の号令で前へ進んで行く近代文明を嘲弄し、揶揄しているものだろう」と解釈。意味も読めず、訳も悪い。「われらの兵隊隠語《パトワ》」は「われらの方言」。「汚瀆」は「売春」である。「進んで行く世界のためにはお陀仏もよし」は何なのだ。中地義和訳は「こんな世界などくたばっちまえ。これこそまぎれもない前進だ」と明解。

この詩は新米兵士の四つのセリフで構成。一節は侵略戦争参加の新米兵士の気分。二節は占領地の無法地帯で女たちを犯してやろう。三節は「胡椒のきいた水びたしの国」はインドのことで、植民地の暗喩。そこで「非道で巨大な経営」は、侵略者や悪徳商人のセリフ。新米兵士のセリフに紛れ込ませたもの。四節は侵略戦争があったらどこでも行こうの兵士。「邪悪な哲学」は侵略者や商人。学問などないが快楽追求なら任せておけの兵士。そして「こんな世界などくたばっちまえ。それこそ本当の民主主義だ」とランボー自身のセリフに切り替わる詩だ。

飯島はこの詩は「ランボーがひどくどうでもいい気分になっており、『イリュミナシオン』全体でも珍らしい。『地獄の季節』の投げやりな絶望感と通じるところがあり、気になる一篇である」としている。「民主主義」のアイロニーが読めず、挫折・絶望だけを感取している。どうでもよくないから「くたばっちまえ」と叫んでいるのが読めていない。そのうしろに孤影がある。その孤影は「買った買った」と叫ぶ「セール」にも深くある。ヴェルレーヌと訣別。パリ詩壇から拒絶。食う道を探しながら、なお詩にうっ屈するものと足場消滅の奈落が共存していたのだ。

「あれが再発見されたぞ！／何がだ？　永遠というやつだ／永遠というのはだな／太陽にまじった海なのだよ」飯島訳の「永遠」の一連。飯島はフランスのニース空港近くに一か月ほど住み、海を見ながらこの詩をなぞっていたという。「永遠」とはランボーの最高のおどけ・はったりだとは露とも知らず。

9　粟津則雄のランボー

気ままな連載『見者ランボー』

私の書棚にでんと三〇年余も鎮座していたのは、粟津則雄訳『ランボオ全作品集』思潮社、一九六九年刊、第三刷だった。駒井哲郎装幀の見事なもの。ランボー詩解読の権威ある集大成と思い込んでいた。粟津則雄『アルテュール・ランボオ』ＮＨＫブックス、一九七三年刊もある。これは一読、疑問に満ちたものであり、誤読と思われるものもあった。二〇〇〇年に仕事をやめ『逸見猶吉』に取りかかり、ランボー詩も読め始めてやっとランボー詩理解の現況が見えてきた。

粟津則雄『見者ランボー』思潮社、二〇一〇年刊は早速読んだ。伝記や評論でなく、評伝の形で『現代詩手帖』に連載を始めたのは一九七五年。無期限・無条件の中で二三年半余の中断があり、二〇〇三年から再開、単行本化したもの。三五回の連載で、「見者の手紙」から始まり七一年のパリ出発で終わっている。まだ序の口、見者ランボーに至っていない。『全作品集』の意味不明な訳を一例挙げる。前者が「パリのどんちゃん騒ぎ」一連の粟津訳。後者が『ランボー全詩集』平井啓之訳。

卑怯者たち、さあついた！　停車場へ溢れ出ろ！
太陽の燃える肺から吐く息に乾き切った大通り。
あの晩は、蛮人どもに、埋まっていたっけが。
西の方に腰をおろした、聖なる都についたんだ！

おお卑怯者たち、そらパリだ！　停車場へとあふれ出せ！
おてんと様は灼熱の肺から呼気を吐きかけて
ある夜、〈蛮人〉にみちみちた並木通りを乾かした。
西の方角に腰をすえて、神聖な〈都〉が其所《そこ》にある！

この詩はパリ・コミューン壊滅後に、ランボーの闘争心の沸点を見せたもの。粟津訳の「聖なる都についた」が不可解。平井訳では情景・意味ともに読める。おお卑怯者たち、お前らが目障りにした叛逆者たちの片付いたパリだ！　停車場から街へ溢れ出せ！　太陽の灼熱の呼気、言い替えれば不正欺瞞を許さぬパリ市民の情熱が、戦争祝賀パリ入城をしたドイツの軍靴の屈辱を乾かしたのだ。「並木通り」はドイツ軍行進のシャンゼリゼ並木道。「西の方向」はヴェルサイユ。そこに腰を据えて、神聖なパリが叛逆者に奪われてそこにある、とはティエール政府の言。奪回の含みをこめた、ひと捻りの一句である。

主体がたちまち無残に解体

訳による違いを見た。後は『見者ランボー』に添い粟津評伝を見て行く。1〜35の連載番号のみだが、勝手に題を付けていく。「1イザンバール宛〈見者の手紙〉」。

彼はデカルトを踏まえて「われ思う、などというのは間違いなんです。われを思う、とでも言うべきです」と述べている。（中略）彼は「ぼくはこう思う」と言おうとしたとき、思う主体の「ぼく」がたちまち無残に解体するのを見たというだけのことだろう。思う主体の「ぼく」は消え去り、思う行為と思う対象の「ぼく」だけが残った。

彼は行を変えて「今ぼくは一個の別人（他者）なんです」と述べているが、これも同様だろう。この言葉は何かの宣言のように「我は他者なり」と訳されているが、単純な観念化を招いてしまう。（中略）ごく普通に「ぼくは昔のぼくとは違うんだ、もう別人なんだ」と言おうとしただけかも知れぬ。（中略）だがそれでは無数の「別人」の一人になってしまう。ランボーの中ではその無数の別人全体を超えた、「人」や「人間」に変質してゆく。「他者」とでも訳すほかない超越的な存在に変質してゆく。三人称動詞「est」の使用は、ある遊びに違いないが、ランボーの精神の奥深い動きに通じる。

文は意を枉《ま》げず圧縮。「われ思う」ではなく「われを思う」とは、思う主体がたちまち起こす解体現象だと粟津は仮定する。原文は On me pense で「誰かが私を考える」である。粟津は On を「別人」と訳し、無数の「別人」が超越的「他者」に変質してゆくのだ、と意味ありげな解釈を加えている。主体が解体しては思考が出来なくなる。思考があるから手紙を書いたのだ。「我は他者なり」が観念化を招くと言うなら、「別人が他者に変質」もこじつけ理屈の空転した観念でしかない。

思想の開花を簡潔に美しく

「2ドメニー宛〈見者の手紙〉」。師のイザンバール宛では突っ張った否定の強いものだったが、詩人ドメニーには既存の詩の否定から「見者詩法」を丹念に説明した。

イザンバール宛の手紙に書いた「今ぼくは一個の別人（他者）なんです」という言葉をもう一度繰り返す。このことの発見がさまざまな発見の中の一つではなく、彼の存在全体とかかわる新たな出発の確認であることを、次のように言う。「ぼくは自分の思想の開花に立ち会っているのです。ぼくはそれを見つめ、耳を澄ます。ぼくが楽弓を一ひきすると、交響曲が奥深いところで動き始め、かと思うと一飛びで舞台の上に立ち現われるんです。」思想の開花を簡潔に、だがまことに生き生きと美しく語っている。

イザンバール宛では「我は他者」の説明として「木片がヴァイオリンになっていても」があり、ドメニー宛では「銅片が目覚めると喇叭になっていても、それは銅片のせいではない」とあるのに触れていない。この比喩は素材の中に完成品が住みついたことを告げているもの。その完成品のお蔭で思想が開花し、楽弓の一ひきのヒントで交響曲が鳴り出し（言葉が沸き出し）、舞台に飛び出すほどだと言っているものだ。

「我は他者なり」はデカルトの「我思う、故に我あり」の反語であり、彼自身の内部に生じた一現象でもあった。粟津の言う主体が解体して別人になったのではない。主体の中に「他者」が住みつき、主体の思想も言葉も豊かになったのである。だから「見者の手紙」の滔々とした既成詩追求の論駁となり、見者詩法の開陳となった。主体は解体変質などせず、「素顔のランボー」と「内なる他者」の葛藤が『地獄の一季節』を生み出すことも、粟津には読めていない。

理性の舵を捨て去る歓喜

次に「８ボードレールの影響」。前者にボードレール「七人の老人たち」一三連、後者にランボー「酔いどれ船」三連を掲げる。粟津の引用はもっと多いが、一連ずつに絞った。

理性は、舵をとろうとしたが無駄だった。
必死の努力も、荒れ狂う嵐に乱され、
ぼくの魂は、岸辺も見えぬ怪奇な海を、
マストも飛んだ古ぼけた船のように踊り狂うばかりだった。

狂おしく波音立てる潮騒に包まれて、
あの年の冬、子供たちの頭より聞きわけもなく、
突っぱしった！　ともづな解いた半島も、
あれ以上意気揚々の大騒ぎを味わわなかった。

「酔いどれ船」には「七人の老人たち」に見られる「神秘と不条理」を余すことなく受け入れようとする「創造力」の運動と、必死に「舵をとろう」とする「理性」の運動との間の、緊迫した対立がない。ボードレールはこの対立に苦しみながらも執拗にかかづらい、さらに推し進め深めようとしているところがある。ランボーは理性により舵をとろうとする試みなど、あらかじめ放棄しているようだ。「船」はもはや「船曳きどもの導きの手を感じること」もなく、「どんな荷物を積んでいようがまったく気にはかから」ず、「行先など思いの

ままに」、「不感非情の大河」を流れくだる。このように「理性」の舵を捨て去ることによって、彼を超えた流れが立ち現われる。そして彼はこの流れに身を委ねることに、全身的な歓喜を覚えているようだ。

ボードレールの「七人の老人たち」はヴィクトル・ユゴーに捧げたもの。ユゴーから「貴君は新しい戦慄を創造した」と讃辞を受けた。巨大都市に巣くう醜悪な人間像を抉り出した内容。ボードレールの「旅」から直截なヒントを得たが、「七人の老人たち」と「酔いどれ船」の係わりはないし、動機も異なる。「酔いどれ船」は、八方ふさがりの情況下で「パリに出てこい」とヴェルレーヌの返事があり、欣喜雀躍の思いで書いた人生航路の予想と挑戦の詩である。「創造力と理性の対立した緊迫」など必要がなかった。見事な創造力で遭遇する対象を描き、理性的判断に裏打ちされたものだ。

理性の舵を放棄したと並べる詩句は、「不感非情の大河」はパリで詩人を目指す道。「船曳きどもの導き」は、イザンバールとドメニーの詩の導き。「まったく気にかからなかった」のは「荷物」でなく「乗組員」のこと。これはヴェルレーヌの仲間の暗喩。「行先など思いのままに」は、シャルルヴィルを出立して行先どうなるかは不明のことだ。ランボーの理性は、パリ・コミューンの死者を讃え、労働者に手を伸べる社会主義思想を歌い、再びのうのうと闊歩するブルジョアを痛罵し、甘い言葉をこねくり回す高踏派詩人揶揄などと続いて行く。

それを読めない粟津は、「理性の舵を捨てることにより彼を超えた流れが立ち現われる」と言う。その説明も証明もない。粟津の感じた「超越的な他者」も「彼を超えた流れ」も、素材である銅片（ランボー）に完成品である喇叭（他者）が現出した現象のことである。一般には「憑依現象」と呼ばれる。理性の舵を捨てるどころか、理性判断は強まって行った。C・G・ユングは『創造する無意識』の中で、芸術には二種類あり、意識による主体的創造と、無意識による主体の従属的創造があると分析している。ランボー解読の鍵はこれのみ。

幻想に取りつかれた憑依者

「10〜12ランボーの神秘主義」。「見者の手紙」には神秘思想があると多くの研究者が見、多様な見解はあるが証拠だてるのは難しいとし、「たぶん図書館での読書以上に注目すべきは、オーギュスト・ブルターニュなる人物との交遊だろう。（中略）イザンバールがブルターニュと知り合い、ランボーに紹介した。ランボーはこの人物と親しくなった。彼はキリスト教を卑俗な宗教と見なし、神秘思想や白魔術・黒魔術に興味を抱き、その種の古本をたくさん持っていた」と可能性を匂わせる。

話を聞いたり本を借りたりはしただろうと推測しながら、雑学のかたまりのようなブルターニュが、ランボーの「見者の詩法」に何か決定的な役割を果したとは思われないと否定に至る。ランボーに神秘思想などはない。研究者が「見者の手紙」や『地獄の一季節』に圧倒されて、神秘のベールをかぶせているだけである。12に次の考察がある。

友人ドラエーはこの頃のランボーの印象について、

「実際この時期に、私はいくつかの異様な様子に気づき始めました。ランボーがシャルルヴィルの街中をまっすぐ歩いていくのを、何度も見かけましたが、歩きぶりが機械的で、背筋をぴんと伸ばし、眼を昂然と揚げ、頬は紅潮し、眼はじっと一点を見つめて、どこか遠くに据えられているようでした。」(中安ちか子・湯浅博雄訳)

これらの言葉から浮かび上がってくるのは、まさしく幻想に取りつかれた憑依者の姿である。そしてわれわれは「見者の手紙」が、こういう憑依者により、こういう人物に聞かれる口調で語られたものであることに、充分注意する必要があるだろう。そのことを抜きにして、その表面的な理屈だけを抽象したところであまり意味がない。だがこれは、そこでランボーが何かうわ言めいた言葉を口走っているということでもない。「見者の手紙」の今一つの特質は、それが熱っぽさと同時に、乾いていると言えそうな、時として何か刺すような味わいのある、ある独特の明晰さに貫かれていることだ。

ドラエーの証言はまさに憑依現象。粟津もそれに気付いたのはよいが、「幻想」に取り憑かれたのではない。「他者」が彼の思考・行動を支配していたのだ。「他者」は顕在化したり潜在化したりするから、常態現象ではない。「見者の詩法」は、既成の美・道徳・価値の転倒を目指す精神的テロリズムである。粟津は感触だけで、「熱っぽく、乾いていて、刺すような味、独特な明晰さ」と言う。理解が何もない。憑依者に気付いたら、なぜ自説の「超越的他者」を再検討しなかったものか。

同性愛の全身的な惑乱

「14見者観念、同性愛、未知なるもの」。

ランボーが「見者」という観念に向かったことは、現在のわれわれに見定めることは難しいが、それに魅力を覚える時代の特質があるのかも知れぬ。それを単なる知識に留まらせず、彼自身の本質的な問題と融《と》かし合わせたことは、ランボー独特の本能的な嗅覚が働いていただろう。だが彼を衝き動かしていたさまざまな要素が「見者」という観念に収斂するためには、それだけでは片付くまい。そういう動きをさらにかき立てると同時に、鋭く凝縮させるような強い求心力を備えた具体的な切っかけが必要だろう。

同性愛体験には、そういう切っかけになりうるようなところがある。この体験がランボーという異様に鋭敏な少年にもたらした全身的な惑乱は、彼の感覚や意識の安定した持続を断ち切ると同時に、この惑乱の中での彼自身の存在をある苦痛そのものとして激しく意識させるのだが、このことは「見者」の観念を根付かせるのに、恰好の切っかけと思われる。

ランボーが「見者」を目指したのは難しいことではない。激動する歴史のさ中で自我に目覚めたからだ。普仏戦争の敗北、第三共和政の確立、パリ・コミューン蜂起、その中で何がなんでも詩人になろうとした。「見者」の語はゴーチェなども使っていた。それをもっと深く人間の生きざまの総体を「見透す者」の意に、ランボーは拡張したのだ。

粟津は変わらず「ランボー独特の本能的嗅覚」だの「さまざまな要素」だの、漠たる把握と仮定を重ねて、「見者観念に収斂のためにはもっと強い求心力が必要だ」と、「見者思想」をねじ曲げ同性愛を持ち出す。ドメニー宛の手紙には、見者になるために「あらゆる形の愛と苦悩と狂気」を必要とするの文があり、それにはタブー厳しい「同性愛」が含まれている、という推測に基づく深読みである。イザンバール宛の「拷問にかけられた心臓」の兵隊に性をもて遊ばれたと推論される詩も、頭にあったのだろう。この時期ランボーは郷里で謹慎中の身。三度目の二週間の出奔はあるが、同性愛も対象もなかった。

奇妙なパリ行きの揚言

「21二つの〈見者の手紙〉」に再度言及。

ところでイザンバール宛の手紙では、彼は「狂おしい怒り」によってパリに駆り立てられていたにもかかわらず、「思想」が自分を引き留めていると語っていた。自分が手紙を書いている間もパリでは「多くの働く人たちが死につつある」が、「今のところは働くなんて絶対にいやです。ぼくは今ストライキ中なんですよ」と語っていた。そういう彼が、わずか二日のちにドメニー宛の手紙で、パリ行きを揚言しているのはいささか奇妙な気がしなくもない。

ランボーを引き留めていたのは「思想」であり、「考え方」でもある。手紙ではイザンバールの主観的詩に対し、自分は客観的詩を目指すと言い切っており、その「考え方」を明示している。同封した「拷問にかけられた心臓」は、その見本であった。「多くの労働者がパリで死につつあるとき、働くなんて絶対いや」とは、詩人になりたいからである。「今ストライキ中」とは、社会に出て役立つ人間になれと説教するイザンバールや、将来見込みのある職につけと追い立てる母への、今詩人にならずして生きる道はないとのストライキであった。

ドメニー宛の「パリ行き揚言」とは、「急いで返事を下さい。ぼくは一週間以内にはパリに行っているから」である。イザンバールに行かないと言ったのは、客観的詩の構想が固まっていなかったからである。二日後のドメニー宛では「見者の詩法」の構想を書き連ねた。詩法を確立したからにはパリに駆けつけて見たかった。だがこの手紙の五日後の五月二〇日から、ヴェルサイユ軍のパリ侵入があり「血の一週間」の虐殺となって行った。

あいまいな「正義の人」

「31〈正義の人〉」。この詩は一～四連二〇行の原稿欠落のものだが、詩意は理解できる。まず五連。

正義の人は、がっしりした腰つきで突っ立っていた、
一筋の光がその肩を金色に染めていた、汗にまみれながら
おれは喚いた、「流れ星のきらめくところが見たいのか？
そうやって突っ立ちながら、こしけみたいな銀河の星や、
ちっぽけな惑星の群がぶんぶんとざわめく音が聞きたいか？

諸註は「正義の人」が聖書では救世主《メシア》をさし、特に受難の場面に使われていると指摘している。だがキリストはここでは、「おれ」の激越な罵倒にさらされているのである。（中略）罵倒の言葉の中の「こしけみたいな銀河の星」とか「ちっぽけな惑星の群がぶんぶんとざわめく音」というような実に生き生きした言い回しは、キリストを包む夜の宇宙そのものに対しても、キリストの肉体と響き合うリアリティを与えていて、これらはランボーの詩法の深

化を示していると言っていいだろう。
それに対して詩は「正義の人」に何かを答えさせはしない。「だがしかし、正義の人は太陽が沈んだあとの芝草の青みがかった恐怖の中で、相変らず突っ立っていた」と続くだけだ。

キリストはさんざん罵倒されているから、「正義の人」は救世主ではない。罵倒の詩句はリアリティのある深化した詩句だが、「正義の人」の正体は不明のまま。粟津には肝腎の詩が読めていない。『がっしりした腰つきで突ゥ立っていた」のは、ゴシック建築の教会で、正義の人はそこに祭られている。一筋の光がおごそかな権威のように義人（教会）の肩を金色に染めていた。「流れ星のきらめく云々」は、そんな高みにまで昇りたいのかの揶揄だ。「こしけ」は女性のおりもの。おりもののような「銀河の星」も「ちっぽけな惑星の群」も、義人（教会）を取り巻く信者たち。ぶんぶん飛び回る音が聞きたいかも揶揄だ。

ランボーは暗喩にこめて「落日後の芝生の青黒い恐怖の中で、正義の人は相変わらず突っ立っていた」と言っている。一一連には「血潮にまみれた夜を過す呪われ人を尊敬せよ！」と粟津訳にもある。「恐怖の中で突っ立つ人」も「血潮にまみれた呪われ人」も、パリ・コミューンの虐殺された人々を指している。キリストが義人などと騒がれてきたが、本当の「正義の人」は彼らだ！　粟津はそれも読めない研究者の先頭だった。

10 井上究一郎のランボー

「私は一人の他者」という公理

ガリマール出版社の編集長ジャン・ポーランが、「誰も真剣にランボーを解するやつがいないのか」と怒り、『ランボー　一直言』一九六五年刊がある由。それを布石に井上究一郎は、ランボー詩を時間をかけて謙虚に読もうとした一人。『アルチュール・ランボーの「美しき存在」』筑摩書房、一九九二年刊がある。「ランボーの詩／四つのランボー像／アルチュール・ランボーの『美しき存在』」の三論文をまとめたものだ。

ポーランの言う如く「聖書以上に多くの国語に翻訳され、関連論文のリストだけでも大型二冊の書物を占める」研究解説書が、どれもランボーの実態や詩に迫れていないもののようだ。私も誤読の多さに驚き、『ランボー追跡』コールサック社、二〇一一年刊を出した。半世紀かけて逸見猶吉詩を読み解き、ランボー詩も解読できた。逸見にもランボーにも、稀なる憑依現象という鍵があったからだ。「美しき存在」は『「イリュミナシオン」解読』で取り上げたので、ここでは触れない。

井上は「美しき存在」論文の末尾に、この詩の『現実を暗示する唯一の鍵語は「作業場」である。他のすべての鍵語は「私は一人の他者であります」というあの公理のなかに厳重に隠されている』と書いている。「作業場」には誤読ゆえ触れぬが、「私は他者」が公理であるわけはない。公理とは、証明を要せずに真であるもの。だが「私は他者」は、ランボー解読の最大の鍵であった。

共感詩法と対立詩法

ランボーの「言葉の錬金術」の着想はボードレール意識を強くもったものである。『地獄の一季節』の「錯乱二」で、「見つかった！　何が？　永遠が」に始まる韻文詩は、従来その前後をとりまく散文詩に重点が置かれて読まれるのが常であり、両者の関係が密接でないという一種の異和感がもたれてきたようである。しかし私にはこれらの韻文詩を読めば読むほど、そこからボードレールの共感詩法に対するランボーの対立詩法（言葉の錬金術）の緊張した調弦が聞こえてくるような気がする。たとえば「見つかった！」の第五節にある「繻子《サテン》の燠火よ」をみても satin の語がぽつり投げ出されていて何のことやら諸説紛々だが、ランボーの多義的言語空間の感覚的系譜をまさぐれば、ボードレールがマドンナを歌った二つの詩篇の「繻子の靴」に行きあたる。

これは「四つのランボー像」の「一、田舎者ランボー」の文。引用詩は「永遠」。その韻文詩とその前の散文詩は密接な関係にあるもの。井上訳がないので湯浅博雄訳を挙げる。「ああ、ついに、幸福だ、理性だ、ぼくは天から蒼空を、真黒である蒼空を引き離した、そして、自然のままの光の黄金の火花となって生きたのだ。歓喜のあまり、ぼくはこの上なくおどけた、錯乱した表現をとった」である。

この散文詩の「真黒である蒼空」を誰も読めず、違和感に翻弄された。これはマチルド（天）からヴェルレーヌ（真黒な蒼空）を引き離した意だ。蒼空であるべき詩人が、夫婦愛《アムール》に拘束されて詩も書けぬ真黒な蒼空になっていたのをおれは引き離した。それにより友愛《シャリテ》を餌に見者の道行きが可能になった。「見つかった！」は「また見つかった！」が正しい。家出したヴェルレーヌを、マチルドがベルギーまで連れ戻しに来たとき、再びヴェルレーヌを奪い返したときのことだからだ。躍り上がるほどの歓喜が、最大のおどけと人を錯乱させる詩句となった。「また見つかった！　何が？　永遠」がそれ。

人は永遠のうちの「今」しか見ることは出来ない。研究者はみな「永遠」の哲学めいた解釈に振り回された。「また見つかった！　詩人として生きる道が！」が詩意である。韻文詩におけるボードレールの「共感詩法」とランボーの「対立詩法」など、独善的区別をつけて「言葉の錬金術」を解明しようとしているが、「錯乱Ⅱ」のサブタイトルとした「言葉の錬金術」とは、散文詩の中に織り込んだ一八七二年五月の韻文詩七篇に手を入れて練り上げ、見事な詩に仕上げたというランボーの自負である。詩句の緊密さは増したが、初作の心意を不明のものにしたから、錬金術は言葉の詐術ともなっている。

ボードレールの影響は多々あった。用語借用もそのうち。だが同語でも映像はまるで違う。「繻子《しゅす》の靴」は光沢美しい布地の靴。「繻子の燠火《おきび》」は艶あるおれの情熱の火種である。言葉の借用即影響と短絡するのは瑣末すぎる。湯浅訳の五連は「明日という日はもはやなく／繻子の燠火よ／おまえたちの白熱こそ／義務なのだ」である。ヴェルレーヌと訣別して明日の保証は何もない。おれの情熱の火種（内なる他者の叡知）よ、お前らの白熱する燃焼こそが、おれを詩人として生かす責務なのだ、の意。「明日はない」とは「見つかった永遠」が吹っ飛んでいるのに、井上は何も気付いていていない。

「酔いどれ船」は他者

革命の衝動に駆りたてられた田舎のいわば「父なし子」が、パリで触れたコミューヌという酔いどれ船の男たちの体臭はそのようなものであった。革命を肉感としてとらえ、それを単に「思想」の苦い体験として田舎にひき返す彼、——行動、革命、兵隊、つまり父性への誘いからつねに息子を呼び返すのは母ヴィタリーの青い眼であった。しかしそこから得られた「思想」は、ひき返した彼にやがて「私」＝他者（酔いどれ船）という合体を生むのである。

これは「四つのランボー像」の「二、透視者ランボー」の文。「ランボー詩が開花期を迎えるためには、パリでコミューヌ高潮期の現実を直接肌に感じ、短期間ながらもいわばコミューヌ体験―その具体的な事実は不明―を経ることが必要であった」とし、イザンバール宛「見者の手紙」と共に送った「しごかれた心」(拷問にかけられた心臓)に触れ、掲出文に至るものである。井上は事実不明としながら四度目の出奔はあったと見なし、コミューン体験もあったと見立てている。

三度目の出奔はパリから徒歩六日かけて三月一〇日帰郷し、四月一七日付けドメニー宛の手紙がある。イザンバール宛は五月一三日。その間に行けぬこともあるまいが、パリ籠城のコミューンとヴェルサイユ政府軍との内戦は始まっていた。パリ潜入事態が無理。潜入して短期間で脱出するのも奇妙。加えてドメニー宛五月一五日の手紙には、「急いで下さい。一週間後にはパリに行きたいから」とある。どう辻褄合わせが可能なものやら。慎重居士井上にしては思い込みが先立ち過ぎている。

革命の衝動に駆り立てられたのは確か。だが「見者の手紙」の「思想の開花」とは、精神の革命を目指す「見者に至る思想」である。だから手紙では、楽弓をひと弾きすると交響曲が奥で鳴り出し、一挙に舞台へ躍り出すほどだという文が続く。これこそ「内なる他者」の活性化現象を告げるもので、パリ・コミューン蜂起の快哉が見者思想の開花を導いたものだった。四度目の出奔は友人ドラエーのあいまいな証言によるもの。コミューン体験は皆無だから、「しごかれた心」に至る男たちの体臭も、革命を肉感として捉えも、思想の苦い体験としての帰郷も、父性への誘いも、みな井上の思い込みによる推論でしかない。革命思想の苦い体験の後、郷里に戻り「私＝他者（酔いどれ船）という合体を生む」のだという。苦い体験とは「しごかれた心」に描かれたコミューン兵士に性をもて遊ばれたとする解釈。四度目の出奔なしゆえ「しごかれた心」は、あらゆる価値の転倒を試みたランボーの創造の産物。「他者（酔いどれ船）」とは、「酔いどれ船」の喩を「他者」と読んでることになる。井上が鍵語とした「他者」解釈がここに一つある。

透視者から錬金術者へ

ランボーの新詩法がボードレールの「旅」から出ていることをもっとも早く示唆していたのは、一九一一年に『象徴主義』二巻を出したアンドレ・バールであった。しかし私は考える。パリの革命兵士たちの酔いどれ船に心を奪われた一種のコミューヌ体験が行動を思想に変えなかったならば、ランボーに言葉の錬金術はもたらされなかっただろう、と。

透視者から錬金術者への道は、「見る」「知る」「もつ」という三つの動詞に対応して、「透視」「旅」「母音」という三つの宝庫が開かれるという構造につながるものだ。この新しい認識に立つランボーは、「自由」に「酔い」、「新しい」領土に向かって旅立つ「船」となる。その船が海に砕け散るとき、「私は一人の他者であります」というあの未聞の論理が成立する。ところで他者の世界とは、ボードレールが『パリの憂鬱』の中の「群衆」で言っているところから発する。ランボーがボードレールから汲む源泉の第二はこれである。

「群衆と孤独。この二つは、積極的で才能豊かな詩人によって始めて交流できる対等な言葉である。そのような詩人は、思いのままに自分であり、他者でありうるという比類のない特権をもつ。肉体を求めてさまよう魂のように、詩人は欲するときに、どんな人間の中にも入って行ける。(後略)」

ランボーを端から端まで読んだ人は、ボードレールがポーから発想したこの予言的な散文詩のなかに、ランボーの詩と人生の方向が封じこめられているのを知らされるだろう。

単語のスペルは省略。文は圧縮した。ランボーの新詩法は「鳥たち」に始まる。一八四八年二月革命に思いを馳せ、社会主義者の活躍を期待する詩。続く「坐ったやつら」もボードレールの影響はない。「酔いどれ船」の一連は「旅」が発想のヒントになった。展開された内容は「旅」と異なるもの。バールの示唆も詩解読の足しにならない。兵から受けた性のいたずら体験がなかったら、行動から思想への変化もなく、言葉の錬金術も生じなかった、とする推論の何とも愚かなたわ言。加えて「公理の私は他者」の前言が、「未聞の論理の私は他者」にすり替わっている。覚つかない論法の懸命な振り回し。

透視者たろうとした「見者」の道は、ヴェルレーヌとの訣別で絶たれる。錬金術は手法でランボーの進んだ道ではない。三つの動詞、三つの宝庫、新しい領土への旅、船が砕けて「私は他者」の論理が成立という。「私は他者」の認識は「見者の手紙」に始まる。「酔いどれ船」はその四か月弱後の作。詩の中で船が砕け散るのは、食う手立ても持たぬ自分に世間の波風は甘くない筈だの思いのもとに、船は進むにつれて砕け散ったもの。ランボーの予測である。翻弄されながらコミューンを思い、政府やブルジョアの腐敗を暴き、パリ詩壇を揶揄する攻撃的思想に満ちたもの。「私は他者」はすでに闘いの先端にいた。

木片や銅への新しい認識

ボードレールの「群衆」に「他者」の語があるから、これも影響の大きい二つ目だという。ボードレールは四八年二月革命に共鳴し、新聞も発行したから「群衆」は知っている。ランボーはパリ・コミューン蜂起に欣喜雀躍したが、シャルルヴィルの遠隔地での共鳴で、その後も「群衆」に触れた気配はない。ボードレールの予言めく群衆心理と孤独心理の自在な交流などなく、思いのままに自分であり他者である特権などランボーにはなかった。だが比類ない憑依現象と呼ばれるものがあった。

また「手紙二」で「ロマン派の詩人たちにとってシャンソンが思想的作品になること、すなわちシャンソンを作る詩人（私）によって歌われ、かつ理解された思想（他者）になることが滅多になかった」点を指摘しながら、「手紙一」と同様「私は一人の他者」Je est un autre. という「思想」を発見し、「私はいま私の思想の開花に直面しています」と書く。その開花は「手紙一」の「木片が（ある日突然）ヴァイオリンになっていてもやむを得ません」であり、「銅が目覚めてみてラッパになっていても、それは銅のせいではない」といった、ある客観的な詩への新しい認識なのであった。

イザンバール宛「見者の手紙」が「手紙一」、ドメニー宛が「手紙二」である。「シャンソンを作る詩人（私）」と「理解された思想（他者）」の解釈はトンテン珍カン。この前文は「ロマン主義が正確に判断された試しはありません。一体誰がそれに判断を下したことでしょうか？批評家たちですか！　ロマン派たちでしょうか？」（湯浅博雄訳）であり、続く井上訳もロマン派の作るシャンソンは理解される思想となったものは滅多になく、彼らもロマン主義を判断することなど出来なかった筈だ、という否定文である。「他者」解釈がまるで出鱈目。
「私は一人の他者」の原文は、頭にCarの接続詞がある。湯浅訳は「なぜなら私とは一つの他者なのです」とある。祖川孝訳『ランボオの手紙』では、「かく申し上げるについては〈わたし〉と云ふのは一人の〈他者〉だからです」と接続詞が意訳されている。これは丁寧すぎるが、人を明日に導く思想などまるでないロマン派の詩が真っ当に判断されたことなど一度もない、の否定文に続く文脈で、「このように言うのは私の中の他者だ」となるもの。「木片がヴァイオリン」も「銅片がラッパ」も、素材である自分の中に完成品が住みついたの暗喩。明解に「他者」を象徴的に語っているのに多くの人が気付かない。

肉体愛と普遍的慈愛

次の「三、ハシッシュ服用者ランボー」では、ボードレール、ヴェルレーヌらの影響を受けたハシッシュ（大麻）吸引のランボーと詩に言及。井上の興味はそこに主眼があり、「アルチュール・ランボーの『美しき存在』もそこに焦点を当てたものだ。大麻吸引はパリに上京してカルチエ・ラタンの寵児となり、「醜い好漢たち」との交流の中で覚えたもの。大麻影響のパロディー詩は『アルバム・ジュティック』に載っているが、問題にするほどの詩はない。カルジャ刃傷事件後はその交流も絶たれ、おこぼれの大麻吸引もなくなった筈だ。ヴェルレーヌとの見者行でも、貧しい資金の中での吸引は考えられない。

井上は「美しき存在」や「ボトム」「H《アッシュ》」に大麻吸引の影響があると見ている。ヴェルレーヌと見者行に入ってすぐの七二年九月の詩であり、「ボトム」「H」はジェルマン・ヌーヴォーも逃げた後のロンドン七四年の作と推定され、大麻吸引はあり得ない。

次の「四、天才ランボー」もハシッシュ体験が半分。『地獄の一季節』の「告別」に触れ、「私見によればこの詩は一つ季節への告別であり、ボードレールの『悪の華』の〈秋のうた〉などの影響を受けたもの」だという。井上訳の「告別」。

すでに秋！――それなのになぜ夏の太陽を惜しむのか、われわれが清く澄んだ光の発見にたずさわっているのなら――季節を重ねて死んで行く人々を遠くはなれて。

秋。動かない霧の中に立つわれわれの船は忍苦の港へ、火と泥に染みた空をもった巨大な都市へ向かおうとしている。

（中略）

この私が！　みずから道士と称し、天使とも称して、どんな道徳からも免除されたこの私が、一つの義務を求め、ざらつく現実を抱きしめて、土に帰される！　百姓だ！　私は間違っているのか？　慈愛《シャリテ》は私にとって死の妹なのだろうか？　何はさて、私は虚偽に生きたことの許しを求めよう。そして出かけるのだ。

詩の前段の始めと終わりを挙げ、「季節への告別」がまずあり、「新しい肉体の愛が普遍的な慈愛に結びつくと考えたのは間違っていたのか？　そんな愛に培われた作品は虚偽なのか？再出発だ」と解釈している。詩意も文脈も何も読めていない。湯浅博雄訳では「もう秋か！」

で始まる。「告別」は七三年八月後半ロッシュ村での作。ヴェルレーヌとの初渡英は七二年九月。またその秋が来るのか！　の意である。

しかしなぜ季節にこだわる。われわれは「神聖な光」真理を照らす言葉の発見に努めているのだから、季節の推移に運ばれる人々から遠く離れて進もう、の意が続く。ここにある「われわれ」は、訣別したヴェルレーヌではない。「素顔のランボー」と「内なる他者」の一身二人格である。「われわれの船」は、また苦い思い出のロンドンに向かおうとしているのだ。「季節への告別」など見当違いも甚だしい。

後半の「道士」は仙人の意。道士や天使の自称は「内なる他者」の傲慢な自負である。創造力がどのように優れていても、作品は仮想（バーチャル）の世界。友愛《シャリテ》を餌にヴェルレーヌと見者への道を歩んで来たが、訣別した今はざらつく現実に食う道を求めねばならない。百姓に戻される。見者の仮想世界に辿り付けなかったのだから、私はヴェルレーヌを騙したことになる。それは許しを乞おう。そしてわれわれは行くのだ。だが助けてくれる者はどこにもいない、の詩意となる。

井上の「新しい肉体の愛が普遍的な慈愛《シャリテ》に云々」の解釈は、指弾されたヴェルレーヌとの同性愛を強引にくっ付けたものである。「そんな愛に培われた作品も虚偽なのか」もとんだ的外れ。「新しい肉体の愛（同性愛）」は友愛《シャリテ》ではない。ランボーがヴェルレーヌを大事に思い、詩の道に導いてやろうとした男同士の愛がシャリテ。ランボーの勝手な思い込みである。

酷寒の冬の「新しい時」

ランボーにとって「新しい時の見通しはひどく厳しいものだ」ということである。すなわち酷寒の冬に耐えるということ。そういう決意ができたことで「私に勝利が得られた」ともいえるのだ。「汚らわしい思い出はすべて消える。」これからは詩人も詩も「絶対に現代的でなくてはならない。」いまいましいがこれはボードレールの言葉だ。といっても芸術だの頌歌だのという古い季節の詩人たちのものではない。勝ちとった歩み、生き方のことだ。「精神の闘いは男たちの戦闘と同じように荒々しいものだ。」つらい夜、ひからびた血。しかし今は前夜だ。「明け方とともに、燃える忍耐で武装して、われわれは輝く街々に入って行こう。」

部分訳・意訳・解釈を混ぜた「告別」の後段である。前段は「素顔のランボー」の弱気なもの。後段は「内なる他者」の強気な決意である。「新しい時は厳しいもの」とは「酷寒」ではない。新しい時に向かって進むとは厳しいものの意。「私に勝利が得られた」とはヴェルレーヌ争奪でマチルドに勝ったことである。だから汚れた思い出は消し去り、世間に見捨てられた者（乞食・泥棒）らに心を寄せ、詩で既存の道徳や価値に恨みを晴らせたらお前たちを救済できよう、の詩意が続く。

そして「絶対に近代的でなければならぬ」と言い切る。「現代的」は誤まり。ボードレールが先に言ったとなじる必要はない。明解な思想の継承である。「芸術だの頌歌だの……」は誤読。おれに対する頌歌《しょうか》（ほめ言葉）など全くない。得られた詩人の足場を守るため辛い夜だ。乾いた血が顔面にくゆり、おれの背後には「怖るべき灌木《かんぼく》」世間の法や道徳のほか何もない。精神の闘いは戦闘と同様に荒々しい。だがどちらが正義かは、神のみの知る快楽。今はその裁きの前夜だ。夜明けとともにおれたちは、情熱と忍耐で身を固めて、可能性に輝く未来の街々に入るだろう、という詩意のもの。

井上の「告別」は死者との別れの意で間違い。小林秀雄を始め、多くが詩との「訣別」との読みも大間違い。情熱と忍耐で未来の詩の街に入ろうと決意している詩である。最後に「あの欺瞞的なカップル」と、ヴェルレーヌ夫妻を罵っている詩句がある。ピストル事件で訣別となった彼らに、ランボーが改めて「さらばだ」と別れを告げている詩である。足元が危ういのに何とも強気な。

11　平井啓之のランボー

サルトルの主命題「我は他者」

「ランボオの墓前に香を焚くものの数は無数に近い」とし、ダダやシュールの有象無象、デュアメル、クロオデル、アラゴン、サルトルなどを挙げ、「第一流のすぐれた精神が、……痛切なランボオ讃を残している。これらの讃美者たちが廿世紀精神史上に残した、又残しつつある足跡の拠って立つ位置の違いを思い見るとき、改めてランボオ的問題の不可思議に眼を見はる」と記したのは、平井啓之の「ランボオ論」である。一九五二年五月の『展望』に掲載。それが『ランボオからサルトルへ』弘文社、一九五八年刊に集録されている。

平井啓之は、鈴木信太郎監修の第一次『ランボー全集』人文書院、一九五六年刊に助手として編集を牽引。第二次『ランボー全集』人文書院、一九七八年刊では、鈴木信太郎監修と橋本一明助手の相次ぐ急逝により、佐藤朔監修に代わり平井も再び企画で参加した。ランボー研究の先端をいく一人。平井啓之・湯浅博雄・中地義和訳『ランボー全詩集』青土社、一九九四年刊の大著がある。平井は九二年に他界。私はこの『全詩集』により、ランボー詩を読み解く恩恵を得た。

三者の訳詩はいろいろな他訳に比べて、ランボーの心理や意図を摑みやすかった。これには分厚く緻密な「解題と註」があるが、海外の諸研究に相当翻弄されている。平井のランボー把握も手元が狂っている。前掲「ランボー論」の続きには、

サルトルが『ボードレール論』の中で残したランボオ讃はただごとではない。「ランボオはいたずらに自然をおそれて時を失うようなことはしなかった。ランボオは自然なんか貯金箱のように破壊してしまった。……ボードレールが形象《フォルム》だけの創造者たるにとどまったのに、ランボオは形象と共に、その材質《マチエール》をも創り出したのだ。」その上、「我は他者なり」というランボオの「見者の手紙」中の自我についての革命的宣言は、サルトル哲学の中心的命題ではないか。

と述べている。ランボーは自然を破壊しなかったし、自然こそが唯一の彼の拠り所だった。サルトルの「自然」は「時間」であり、自分の進みたい方向に直進したランボーは、与えられた時間をぶち壊してまで進んだという意になる。形象・材質は指摘通り。サルトルがランボーに実存主義の体現を見ても不思議ではない。自分で人生を切り開く生き方のことゆえ。ランボーは実存主義など知らずにそれを生きた。

だが「我は他者」がサルトル哲学の中心的命題である筈がない。ランボーに生じた稀なる現

象であり、彼自身説明できなかったことだ。だから「革命的宣言」などではない。でも言葉が次々沸き出してくること、既成価値の転倒を目指す思想の開花などを、明らかに自覚していた。サルトルにその現象の痕跡はないから、哲学的命題に入るわけもない。平井はわかったつもりのサルトルを振りかざして、サルトル論者から失脚した。

象徴主義に非ず「酔いどれ舟」

「ランボオ論」は次にヴェルレーヌの「酔いどれ舟」の感想についての言葉を挙げ、「象徴的であるか否かは暫くおき（象徴主義の作品ではないことはまぎれもないことだが）、この雄篇はそのフォルムの完璧な美しさによって読者の心を捕らえ、その独自性の強力さの下に読者を圧倒しないではおかないであろう」（一八九二年）。文中で注目すべきは「象徴的《サンボリック》と象徴主義《サンボリズム》があきらかに使い分けていることだ」としている。

ランボーはマラルメが唱えた象徴主義者《サンボリスト》ではない。詩はボードレールの象徴手法を継承しており、「象徴的か否か」不明なものではない。象徴とは、直接伝えにくい内容を何かに肩代りして暗示的に表現することである。ヴェルレーヌはその暗示が読めず戸惑いとなった。「的と主義」の使い分けなど問題外。ランボーの象徴詩は一八七一年の「烏たち」に始まる。嫌われものの烏に、変革を目指す社会主義者を重ねたもの。「坐ったやつら」は逆に、変革を嫌う権力者やブルジョアを痛罵したもの。ヴェルレーヌ解釈の図書館の坐ったやつらではない。研究の最先端にいながら、平井にはそれが見えていない。

君知るや我行き衝突《つきあた》りしは世に不可思議なフロリダ州
人膚《はだ》なせる豹の眼は花々と交りあいて
海原《うなばら》遥かの水平線に、手綱の如くつめし虹の七彩、
青緑色《グローク》の羊群と交錯するも見ゆるなり。

我は見たり、巨大なる沼々は沸きかえり、魚梁《やな》のありて
そこに一頭の巨怪獣《レヴィヤタン》、藺草《いぐさ》のも中にうみ腐《ただ》れたるを！
大凪のま中に水は崩れたぎりて
遠景は遥かに滝津瀬なす深淵に向いて展《ひら》くるなり！

これらの詩句は、或いは大海の狂瀾を詠じ、或いは奇怪な海を背景にした物狂おしい幻想をうたって、如何にも詩句そのものが「動性」を担っているようである。（中略）イマージュは、狂瀾であれ、荘厳な沈静にひたされた氷山の光景であれ、等しく瞬間的にその姿を詩句の間に定着させながら、実はイマージュ相互間には何らの持続的関係を見出し得ないのである。（中略）

ジャック・リヴィエールは「酔いどれ舟」について、「これは筆に任せて書いたように思われる。第一句を書いた時、詩人は第二句が如何なるものやら全然知っていないのだ。詩の全体的進行はきわめて演繹的である。それについに終りも、纏りもしていない。最後の節はそれ以前の節と同様に、すぐその前の節以上にさえも、新しい出発を約束しているのだ」と書いているが、ランボオの詩の「視象《ヴィジョン》」の孤立性を語ったものとしてまことに正論である。
僕はランボオの視象の性格を明らかに示す事実として、「酔いどれ舟」の各四行節の冒頭に繰り返される、「我は知りぬ」「我は見ぬ」「我は夢見ぬ」「我は衝突《つきあた》りぬ」等の表現を指摘しよう。各四行節はこれらの言葉を発想の始めに置いて絢爛たる視象を展開するのであるが、それらの視象はすべて、神速に流転する「酔いどれ舟」の視点から、「知られ」「見られ」「夢見られ」「衝突られ」た「もの」として、確固とした客体性を具えて厳存するのである。

肩点は私。引用「酔いどれ舟」の八～一〇連は省略。一二～一三連のみ挙げた。この文はマラルメの静性に対し、ランボーの動性を評釈したもの。「舟」は大洋を行くのだから「船」が妥当。「酔いどれ船」は一八七一年八月末ごろに書かれたと平井は読んでいるが、「ぼくには一篇の偉大な詩を書きたい抱負があるのですが」とヴェルレーヌに手紙したのは九月初め。彼の返事が届いたのは九月八～九日ごろ。九～一〇日ごろ一気に書き上げ、ドラエーに読み聞かせたのが出立前日。一二日にはパリに着き、一五日（日）に「醜い好漢たち」の席で朗読した。手紙や心理・行動を付き合わせて私にはそう推測される。

持続的関係のないイマージュ

ランボーの動性を語ろうとしながら、映像の奇怪・狂乱・幻想に振り回され、「イマージュ相互間に持続的関係を見出し得ない」と嘆いている。自分一人の感触ではないとリヴィエールの言葉を持ち出し、「第一句を書いた時、詩人は第二句が如何なるものやら知っていない」と詩句一行も読めない者の説を、「まことに正論である」と保証する。この真っ当ぶった馬鹿さ加減は救いようがない。

掲出の一二～一三連で説明しよう。第一次『全集』の助手時代の訳で、古臭いが詩句はわかる。一二連。流された船が漂着したのは世にも妖しい花の土地。花々の中には人肌の花や豹の眼が入り交じっている。水平線の果てに青緑色の家畜が群れ、それを率いている手綱のような虹もかかっている、である。

「フロリダ州」は誤訳。ラテン語で「フロリダ」は花いっぱいの意。船はパリに漂着した。刺激と誘惑に満ちた花の街である。花の中にはストリップをする花もあり、花々に隠れて狡猾貪欲に狙う豹の眼もある、とパリの魔性を二行で言い止めている。水平線に群れる家畜は黙々と働く労働者。その群れを救済しようとする思想の虹もパリにはある、と言っているのだ。

一三連。私はしかと見た。巨大な臭い沼で腐敗する巨怪獣を。これはティエール政府や王党派も復活した国民議会のことである。またブルジョアたちがのうのうと闊歩し搾取する腐臭の時代がやってくる、という含みである。内戦は治まったのに海水は崩れ、水平線の彼方で滝のように深淵に落ちて行くのが見える。これはフランスの崩壊を遠望する図である。ドイツに対する国土譲渡と五〇億フランの賠償金が、瀑布のように見えると予言したもの。第三共和政への不信と、近未来のフランスを二行ずつで言い止めている。映像の鮮明・強烈さと簡潔さが見事である。

平井の「イマージュ相互間には何らの持続的関係を見出し得ない」は、自分の恥をさらけ出しているのみ。リヴィエールの「筆に任せて書いた」はその通り。だが「第二句」に何がくるやらわからずに書いた、とははったり屋。「酔いどれ船」は、一連から二五連の最後まで、ランボーがシャルルヴィルからパリへ出て行き、詩人としての運命がどうなるかを予想して書いたもの。構成はヴェルレーヌに呼ばれてパリに出向く自分の心境、パリ・コミューン壊滅後の情況、近未来を救済する社会主義思想、誘惑のパリ……などと進行に沿って織り込み緊密に築かれたもの。「終りも纏りもない」とはどの面下げてとなる。

各四行節の冒頭の詩句

イメージの関係もわからず、リヴィエールを正論とした平井が、各四行節の冒頭の詩句は

「確固とした客体性を具えて厳存する」と断ずるのは、矛盾も甚だしい。なぜそうかの説明もない。八連の「我は知りぬ」は、稲妻や竜巻や夕暮や暁を知っている。そして船人らが見たと信じたものを我も見たのだ、という詩意。ランボーは海を見たことはないが知ってはいた。そして船人が見たと語る奇怪なことを我も見た、として奇怪な幻想と思われるものが語られて行く仕組みである。

九連の「我は見たり」は、神秘な恐怖に染まった夕日が、古代劇の役者と見違えるほど紫衣をまとい、夕日に映える冷たい雲の峰々のように際立つさまを。沖合いには追慕する波が震え転がって行くさまを、の意。壊滅したパリ・コミューンの指導者たちを語り、それを追慕する市民の思いも描いている。

一〇連の「我は夢見たり」は、まばゆい雪が降りしきる緑の夜が、ゆるやかに立ちのぼり海の瞳に口づけするのを。聞いたこともない精気が群れて循環し、歌い揺らめく燐光が黄色や青色に目覚めるさまを、の意。これは内容が抽象的で研究者の言及せぬもの。ランボーの夢見る「まばゆい雪」は社会主義革命であり、その主義が「口づけ」するのは底辺の労働者。「精気が群れて循環」するのは立ち上がった労働者のエネルギーであり、「黄色や青色に目覚める燐光」は労働者の覚醒となる。

一二〜一三連は前掲した。詩意を読めない平井が、「確固とした客体性を具えて厳存する」と断ずるのは学者としての詐術。「知った／見た／夢見た／衝突った」などにある映像は、「客体性を具えたものとして厳存」しておらず、ランボーの思いや願望が肯定するもの否定するものを織り混ぜて、船乗りが世界のどこかで見た奇怪な映像として展開されているのである。

ランボー百年、おれ四十年

平井には『カイエ／特集アルチュール・ランボオ』冬樹社、一九七八年九月発行に載った「待っていたランボー」の稿がある。第二次『全集』の助手を務めた後のものと思われる。

粟津・渋沢共訳のマタラッソ・プチフィス共著『ランボーの生涯』によると、（中略）ズュティストたちの集うクラブの管理人でもあったエルネスト・カバネルがランボーに呼びかけた戯詩は、戯作とはいえ八音綴六行詩篇八連から成り、各詩節の終りには、二行節のルフランを織りこんだ、作者のランボーへの気持のよく見てとれる文献である。

パリで、何をやるつもり、詩人さん？
シャルルヴィルからおでましで。
お帰り、天才もここでは手も足も出ず、
舗道の上で野たれ死に、さ。
お行き、お母さんのところへお戻り、

幼いころのきみの面倒をみてくれた……

坊や、この世できみは何をやるの？

――ぼくは待っている、待っている、待っている。

『ランボーの生涯』の著者は、この「ぼくは待っている、待っている、待っている」というルフランについて、それは当時、パリでいったい何をしているのだ、と訊ねる人々に対して、ランボーがいつも答える言葉であったのだろうと推測している。そして言う。「彼は待っていた、人々が彼を理解してくれるのを、まじめにとってくれるのを、詩がいかなるものであるかを、ついにはっきり認識してくれるのを」と。

（省略）

マタラッソ・プチフィスが推定するように、一八七一年秋パリに出た十七歳のランボーは「ぼくは待っている」を口ぐせのように繰り返したことだろう。そして今、ランボーと自分の関わり合いを振り返って、私の感慨を短い言葉で言いつくそうとすれば、それは「ランボーは百年待たねばならなかったし、おれは四十年待たねばならなかったなあ」という思いにまとめられるかも知れない。（省略）

いずれにしても、「ぼくは待っている」という一語に万感の思いをこめたランボーの仕事は、百年余りを経て、今ようやく読解不能性の証明という回路を通じて、了解可能なものとなりつつある、ということを私は言っておきたい。

一万二〇〇〇字余の稿だが「待っている」言及に絞った。ランボーのこの言葉が何度か吐き出されたのは、一八七一年一一月から一二月後半までと推測される。九月一二日ごろからモーテ家に厄介になっていたが、一〇月一〇日ごろ義父モーテが狩猟から戻るのと、妻マチルドの出産間近なため、ヴェルレーヌは詩人で発明家のシャルル・クロにランボーを託した。ランボーはクロの『アルティスト』誌を破いたため追い出され、浮浪児となる。ヴェルレーヌは動転して探し回り、飢えと寒さで絶望的なランボーと出会う。仲間と協議して、墓場近くの安ホテルの屋根裏部屋を借り与えたのが一一月前半であった。

一〇月末から「醜い好漢たち」は、「ジュティストのサークル」というクラブを設立。カルチェ・ラタンの大通りの向かい側ホテルの四階が溜り場となっていた。ランボーもそこへ通いだし、酒や大麻のおこぼれにあずかっていた。そのころ「ぼくは待っている」と吐き出されたものである。クラブ管理を任されたカバネルが、それを諷刺した形になっているが、実際はクラブ員数人がカバネルを表立てて書いたものらしい。一二月末にはカルジャ刃傷事件が生じて、仲間たちから拒絶される。

戯詩は二連あったが一連は省略。肩点は私。平井は著者の推論に同感し、ランボーは一〇〇年、自分は四〇年待たねばならなかったと感慨ぶかげである。それも「読解不能性の証明という回路を通じて」とは、研究者の間で解読は無理だという共通認識の中でということだろう。「了解可能なものとなりつつある」のだと言う。何とも奇怪な論理。理解がどの辺まで進んだという指標もない。「なりつつある」の進行形は、まだ了解に達していないことと同じ言葉である。

読解不能性の証明という回路

難解でもない「ぼくは待っている」の意味さえ了解できない平井が、了解可能な地点に辿り着いたと思い込むこと事態、ランボー研究の不可思議を思わずにいられない。ランボーは「見者」になりたくてパリに出てきた。見者思想や詩法はヴェルレーヌに話し込んである。ヴェルレーヌが「狼狂症《リカントロピー》」と感取したのもそのためだ。そして心を動かしていた。「醜い好漢たち」の仲間には話した気配がない。浮浪児となった窮地を救ってくれたのもヴェルレーヌ。だが妻マチルドは一〇月末に長男を生んでいた。見者へ進む道などままならない。うっ屈するものが溜まって、宴会での下手な朗読に「くそ！」と何度もわめいてつまみ出され、カルジャ刃傷事件となって行った。

ランボーが待っていたのは、自分や詩に対する理解ではない。見者思想の共鳴者はヴェルレーヌ一人。理解を要する見者の詩はこれ以降だ。待っていたのは、ヴェルレーヌが見者の道へ共に進んでくれることである。文なし人間関係なしのランボーには、一歩も先へ歩み出せない。支援者ヴェルレーヌが「よし」と言わねば「見者」もシャボン玉の泡だ。このランボーの心理に誰も踏み込めぬとは、「読解不能性の証明という回路」であろうか。愚かな弁明をひねり出しものだ。

平井は開き直って言う。「了解とは、知解や理解と異なって、実存の用語なのだ。そして了解の成立のためには、人は待たねばならない」（肩点平井）と。「了解」を哲学用語と特別視する必要など何もない。一般用語で「分かった」であり、哲学用語としてもそれ以上を出ない。分かるまで人は待つか捨てるかのどちらかだ。また「情報量を増大させることで了解が確実に可能になると信ずることは、事が文学や思想にかかわる限り、実証主義決定論者の迷妄である」とも言う。多量の情報で翻弄され、ランボーの実態に迫れなかったのは平井自身。「待っている」も他者説を鵜呑みにして、自分の推察が何もない。加えて激動した歴史の考察が、研究者の多くに不足している。

二度の『全集』編集者

第二次『ランボー全集』の編集員の一人として全集刊行の仕事にかかわるようになって以来、ランボーの名を思い浮かべぬ日はなかった。具体的な仕事量がそれだけあったということとは違う。今度の全集刊行を機会に、ランボーが再びまったく自然に私の思索の中心に復帰したのである。ランボーへの了解が激しい勢いで進行しつつあるのを感じている。私の内面においてそうであるし、フランス本国を中心とするランボー研究の動きの中にもそれを感じる。私の内部でのランボー了解の進行は、研究者の一人としてまとめるつもり。

二度も『全集』に係わった平井は、国内のランボー研究の先端にいたことを、誇りとともに噛みしめていた筈である。「ランボー了解の激しい進行」は確かにあったのだろう。九四年刊の『ランボー全詩集』の訳は、急速の変化を遂げたものと思われる。『全詩集』の「解題と註」の中で、「酔い痴れた船」の末尾の「囚人船の怖ろしい眼の下をくぐって泳ぐこともままならぬ」に触れ、「一八七一年にはパリ・コミューンの蜂起者たちが二万人以上も、シェルブール、ブレスト、ロリアン、ロシュフォールの停泊地に、囚人船に変えられた国有の二七隻の大船に詰め込まれていた」と『グラン・ラルース百科事典』に記されていることを突き止めているのもその一例。

しかし「読解不能性の回路の中の了解可能なものとなりつつある」状態に変わりはなかったようだ。コミュニズム、カトリシズム、シュールレアリスム、実存主義まで香を焚いたランボーは、研究者泣かせの「すばらしい毒」ではあった。

12　竹内健のランボー

アフリカの沈黙から逆透視

「私がランボーに関心を寄せたのは邪まな好奇心から。何故ダヴィンチやニュートンさえ得られなかった〈天才〉の称号を彼は捧げられたのか」と語るのは竹内健。フランス最高権威の辞典『プチ・ラルース』に記されている由。竹内はアルフレッド・ジャリ『ユビュ王』の訳者で劇作家。『ランボーの沈黙』紀伊国屋書店、一九七〇年刊がある。

その辞典に、ナポレオンとゲーテも〈天才〉とある。優れた技倆によるもの。ランボーは「驚くほど早熟な天才であった。彼は一九歳にして全作品を生んだ」と説明され、全人格的に天才呼ばわりは彼一人、と驚嘆している。一八八六年五〜六月、『ラ・ヴォーグ』誌にランボーの『イリュミナシオン』と韻文詩若干が掲載された。編集者ギュスターヴ・カーンは、ヴェルレーヌに問い合わせた上「故アルチュール・ランボー作」と紹介した。アフリカに消息を絶った彼に、輝かしい桂冠を載せるため、二人はあえて彼を亡き者にしたのだ、と竹内は推測。

そのころランボーは、アフリカのタジュラーで二〇〇〇挺の銃や弾薬を受け取り、キャラバン支度のさ中だった。ランボー三七年の生涯から僅か四年間の文学時代を抽出し、結果としての残りの人生からは眼を背けようとしている。イヴ・ボンヌフォワは「無名に帰したランボー、家族宛のアフリカからの手紙は読むべきではあるまい」とした。竹内は逆透視で、残りの人生から文学の四年を遠望しようと試みた。

「われわれはこのたった一つの仕事に、われわれの全財産、全資材、全人員、全時間、それに全生命を賭けたのです。」ランボーが綴ったこの表現は、武器貿易禁止令の解除をフランス外務大臣に直訴したものである。（省略）

あくまで私見だが、ランボーの裡なる暗闇の荒野を、時として浮かび上らせる稲妻にも似た閃光が、文学の四年から訣別した後のランボーに、より多く見受けられると思う。（中略）「この仕事に全生命を賭けた」という手紙の言葉を思い出すがよい。この時、灼熱の砂漠におけるランボーの全き沈黙が、いわば一つの叫喚であり、耳を聾せんばかりのかまびすしき饒舌であったことに、われわれは思い至るべきではなかろうか。ランボーの沈黙こそは、己れの自己証明をアデンの太陽やエチオピアの蒼天に向かって訴える饒舌であったという逆説。それを逆透視の構図の中に浮かび上らせようとするものだ。

これは〈序章〉。文は要点を圧縮ぎみにした。研究者たちは文学の四年間を問題にし、後のランボーの生きざまを無視する傾向にある。しかしアフリカの沈黙の中にこそ、耳を塞ぎたくなるほどの饒舌があると思われる。彼の生きざまから逆透視して、四年の歳月に迫ってみようが竹内の意図。「アフリカからの家族宛手紙など読むに値しない」というボンヌフォワは、「ランボーの文学や詩を、彼の生身からバリバリ引き剥がしていることに気付いていたか」と矛を返している。劇作家の竹内は、波乱に満ちた彼の後半生にこそ生きざまの本音が潜んでいるとの思いらしい。

醜怪な悪夢の発生装置

〈第一章地獄との訣別〉一八七五年二月、二〇歳のランボーは家を抜け出しドイツのシュツットガルトに向かう。「これまでの自分とこれからの自分を明確に区切り、過去をすっかり洗い落とすことが目的だった」と解釈。そして「決定的に訣別しようとしていた対象は、醜怪な悪夢の発生装置そのものではなかったか。……地獄の直接的契機は、二年前のヴェルレーヌのピストル事件であることは間違いない。その後ロッシュ村に籠って一気に書き上げた『地獄の季節』で、ヴェルレーヌとの同性愛が明かされるが、地獄はその関係を指すものではない。あの事件も、地獄の装置から発生する愚行の一つに過ぎない。愚行とは何か?」とし、次のように展開する。

「今こそおれは言うことが出来る。芸術は一つの愚行であると。」これは『地獄の季節』の下書の一ページに記されたもの。誰がその愚行を生産したか？　西洋であり、哲学者であり、近代であり、キリスト教であると、ランボーは考える。「敗者になってはならぬ。哲学者たちよ、君たちは君たちの西洋の産だ」（不可能事）。とは言え、自らも敗色濃き西洋の産であるとすれば、今こそ自らの変革と、腐敗した近代と芸術から脱却すべき最後の刻ではないのか。ランボーの想いは文明を遡行する。

「フランスの歴史の何処かに、もしやおれの素姓が見つかるか？」（悪い血）。そうして行き着いた先は何処か？　ランボーの感覚に、異教徒の血が舞い戻ってくる。下賤な血、ゴール人の血が。このような自分にとっては、「もう言葉は無用」であり、「おれはもう話すすべを知らぬ」のだ。今こそ、かつての己れの悪臭を祓わねばならぬ。

「おお、潔らかさよ、潔らかさよ！」（不可能事）。この純潔を再び獲得するために、ランボーは「ヨーロッパを去り」、「カムの子供たちの王国」に入り、「脳髄にたまった魔術を祓いのけねばならなかった」のだ。呪わしき魔術、文学という言霊のデモンに憑かれていた己れ。それこそ正に地獄だ。「だが、今こそ、おれは地獄との縁を断つつもりだ。」（朝）

竹内は間違った認識や不適切な訳の中で、詩意も読めず都合のいい詩句をつまみ上げ、仮説の証拠がための道筋をつけている。ランボーのシュツットガルト行きは、ドイツ語学習のため。ひそかな脱出ではない。母に資金を貰っての出立。『イリュミナシオン』の原稿も持参で、詩を断つ思いもまだない。「過去と未来との自分を明確に区切る」ためではなかった。ヴェルレーヌがドイツを訪ねた折、『イリュミナシオン』の原稿をジェルマン・ヌーヴォーに渡してくれと頼んでいる。詩集にして貰うためだ。その後ヴェルレーヌに借金を申し込み、拒絶されてアルプス越えとなった。この時点で彼は詩を捨てるのである。

竹内は、ヴェルレーヌとの同性愛もピストル事件も「地獄の装置から発生する愚行の一つ」とした。「芸術は一つの愚行である」は「幸福」の下書きにある。「おれは今では神秘主義的な躍動と文体の奇怪さを憎んでいる」がその詩句の前にある。既成の芸術を愚行と罵り、自分の詩は別だの含みである。自詩も愚行なら二詩集は生まれない。

都合のいい詩句のつまみ上げ

「敗者になってはならぬ。哲学者たちよ……」は読み誤まり。その前にあるのは、哲学者たちは言う、世界は年齢など無関係、人類は移動するもの、あなたは今西洋にいるが、あなたのいう東方に住むことも自由だ、快適に暮せばよいのだ、敗残者になってはいけないと、である。東方を指向するランボーがたしなめられているセリフだ。「哲学者たちよ」あなた方はキリスト教文化に漬かった西洋の一員だ、とランボーの言い返しが続く。この裏には、肉体と精神の二元論の中で、精神を主人、肉体を容器と見なしたデカルト以降の哲学がある。そのように遡行するランボーの想いは、文明でなく文化である。

同じ西洋の産だが「フランスの歴史のどこかに、もしやおれの素姓（のような前例）が見つかるか？」と問い返している。「悪い血」は「地獄」に至る前に書いたもの。マチルドからヴェルレーヌを奪い、離婚騒動に持ち込んだ罪意識の中で書かれている。ランボー内部の無意識より現出した「他者」と「素顔のランボー」の葛藤は、この詩から始まる。「異教徒の血、下賤の血、ゴール（ガリア）人の血」とは、それら太古の粗野な血をおれは受け継いだとの「他者」のセリフである。無意識に蓄積された「他者」の叡知の来歴を告げるものであり、この世の道徳から免れている者の自己主張でもあった。

「おれはもう話すすべを知らぬ」は「朝」の中の詩句。おれはアヴェ・マリアなどのべつに呟く乞食ほどにも自分の思いを告げられない、の詩意に続くもの。見者の道から失墜した嘆きである。「今こそ己れの悪臭を祓わねば」とはならない。「潔らかさよ！」は「不可能事」の詩句。それは精神の目覚めた瞬間に生ずる思い。精神が常時目覚めていてくれたら神にも近づけるだろうに。それは「不可能なこと」の題となっている。これは「素顔」のセリフ。時折目覚める「精神」とは「他者」のことである。粗野な「悪い血」を自称した「他者」は、神にも近くまた「毒」にも変ずる存在であった。

西洋を去り「ハムの子供たちの真の王国に入る」は、「悪い血」の中の詩句。純潔獲得のためではない。腐敗と狂気に満ちた西洋を捨てるためである。「カム」は「ハム」が正しい。ノアの息子セム、ハム、ヤペテの一人。アフリカや地中海東岸地方の諸種族の祖である。「脳髄にたまった魔術を祓いのけねばならなかった」は「錯乱Ⅱ」の中の詩句。「文学という言霊のデモンに憑かれていた、それが正に地獄」ではない。自分の虹を追ったことにより地獄に堕ちたという詩意が続いている。

「今こそおれは地獄との縁を断つつもりだ」は訳が粗い。湯浅博雄訳では「今日ではおれの地獄を物語ることも済んだと思う」と地獄の明けた「朝」の心理を語っている。「地獄」はピストル事件により「見者の道」が断たれ、「素顔」の思いと「他者」の思いの落差が葛藤となって生じたもの。「素顔」が「他者」に言い負かされて消滅。「他者」は無形・自在な存在。縁など断てる対象ではない。詩句出典を明かしたから、竹内にいかに心境の異なる詩から、都合のいい言葉を拾って繋げているかわかると思う。「地獄の装置から発生する愚行」などとした竹内の大風呂敷は、小石一つくるめずに終わっている。

現実と不可能事を短絡する者

北国の二月は厳冬である。ランボーはライン河の鉄橋にさしかかった汽車の窓から、彼方に拡がるヴュルテンベルグの野原を眺めた。見はるかす凍えきった荒野。それを茫然と見つめながらランボーは思ったであろう。おれは一体この五年間、何を見、何を語って来たか？旅は消え去った筈の記憶を再び蘇らす。ああ、自分とは一体何であったか、あの地獄の装置の中で、ダンス・マカーブルを踊っていた自分とは？　おれは何を見たか？　ランボーは四年前、教師イザンバールに意気込んで書きつづったあの手紙を苦々しく思い出す。

「今、僕はできる限り放蕩をしています。なぜか？　詩人でありたいからです。だから〈見者〉になろうと励めているのです。」見者とは不可見のものを見透す者であり、超越性によって現実と不可能事とを一挙に短絡出来得る者の筈である。だがおれはハシッシの服用やアルコールの痛飲によって、どれ程の不可見を望み得たであろうか？　そのような見者の驕りは、結局のところおれが自作の発表をあせる余り、「山羊の屁男爵の手紙」という詩をジャン・マルセルという偽名で雑誌に送ったあの行為と、どれだけの違いがあろう。それが地獄の中のおれだった。

肩点は私。「詩人でありたい」は「詩人になりたい」。まだ詩人になっていなかった。「雑誌」は「新聞」の間違い。経験を踏まえてだろうが、シュットガルトに向かう車中のランボーを一見リアルに空想し、反省させる過去の経緯はめちゃくちゃ。まず「見者の手紙」についての否定的反省などあり得ない。七五年三月五日付けドラエー宛手紙に、「ヴェルレーヌが先日当地にやってきた。手に数珠《じゅず》を持ってさ……ところが三時間後には神様を見限ってしまって、われらが主イエス様は九八の傷口から血を吹いていらっしゃる始末さ」と書いている。シュットガルトを訪ねたヴェルレーヌは、ランボーに罵られ、丸め込まれた。反省どころか彼の野性は劣えていなかったのである。

イザンバールとドメニー宛の「見者の手紙」に悔いはない。遂行し得なかった口惜しさが詩に残されている。「ハシッシ服用やアルコール痛飲」はパリで詩仲間と交流時の話。ランボーはその頽廃を後悔している。「見者」の道再開は、再びパリ上京の七二年五月以降である。「山羊の屁男爵の手紙」は、国会議員になった王党派復活を目指す男爵に成りすまして、政治の現況を語るランボーの揶揄である。「一八七一年九月九日」の日付が始めにあり、八日の情報も盛り込まれた一気書きのもの。「不可見のものを」見透そうとした権力痛罵の詩である。「自作の発表をあせる余り」などの愚かなものではない。

これはメジエールの新聞とシャルルヴィルの新聞に発表された。くだらぬものを新聞は載せない。これを書いた翌一〇日には、「酔いどれ船」がまた一気に書き上げられている。これも「不可見」の自分の人生、フランスの近未来、詩の在りようを「見透そう」としたもの。「見者」の先駆的詩は「正義の人」あたりから始まっていた。『地獄の季節』も『イリュミナシオン』も「見者」たろうとして彼の生み出したもの。「山羊の屁」も読めぬ竹内が、「地獄の装置の見者の驕り」などの仮説で、論難できる話ではない。

名だたる探検家の末裔

〈第五章ハラルの探険家〉竹内の想定する「耳を聾せんばかりの饒舌」があるか否か、まずランボーのアフリカ行きを私の資料で略記する。八〇年職を求めて紅海沿岸を南下。八月アデンの貿易商バルディ商会に入社。一日五～六フランの薄給。一一月アフリカのハラル出向が決まる。月額三三〇フラン。八一年二月梅毒にかかる。四月ハラル店長がマラリアにかかり辞職。ランボーの昇格なし。不満が高じた彼は南方五〇キロのブバッサ村に遠征。ライオンや盗賊の出る危険の中、象牙・皮革を買い付けてきた。それでも店長昇格はなく辞表を出す。店長代理でなだめられた。八二年一二月アデンに戻る。

竹内の記述にその後がある。「商会が僕と再契約を結ばないようなら、自分で商売を始め、年間六〇％の収益を得るつもりです。その後四～五年以内にたちまち五万フランほどの金を儲け、それから結婚します。」ランボーに「結婚」の言葉が現われるのはこれが最初、とある。この手紙の「翌三月二十日、ランボーはバルディ商会と再契約。期間は予想より一年半も長く、一八八五年十二月まで。年額五千フラン、他に住居その他は無料で支給される。二日後ランボーはアデンを発った。」アデンからハラルまで二〇日ほどかかる。

今の彼はフランス商社の一介の社員のつもりではない。フランス地理学会に論文を提出し莫大な賞金を得るため未知なる国へ駒を進める一人の探険家なのだ。コヴィリアム、ブルース、リヨン、パーク、メザン、ロッシャー、フォーゲル、バートン、スピーク、リヴィングストーン、スタンレー……そしてカイエ。かつて暗黒大陸アフリカに挑んだ多くの先輩達の名が、ランボーの瞼の裏をよぎったであろう。今ゼイラから一路砂漠を南西に向かうランボーに誇るものがあるとすれば、それら名だたる探険家の末裔としての己れを信ずる事でしかなかった。そして少なくとも、駱駝の背に積んだ装備だけから言えば、カイエの悲惨な旅よりもランボーの方がはるかに探険家にふさわしかったかも知れない。最新式写真機一台、経緯儀、測地儀、それに地勢学や測量術の夥しい参考書物……。

ランボーのアフリカ行きは、ブバッサ村遠征に始まる探険と金儲けしかない。詩に書いた黒人救済など目的から消滅している。ランボーはハラル店長になり、部下のソッテロを責任者としてオガデン地方に隊商を派遣。踏査目的の探険隊であった。その事後報告をランボーがまとめ、バルディを通して地理学協会に送り、協会の会報に全文が載った。これに気を良くした彼は、また三隊を編成して未開の地に向かわせた。店長はハラルを離れてはいけない故、彼の実体験の探険はブバッサ村だけ。あと銃売り込みキャラバンを終え、アジスアベバからハラルまでの踏査は探険に値した。だが探険家として名は残らない。

あれもこれもと必要なものは揃えたが、それは蓄えられた金の力。モロッコからサワラ砂漠を横断して生還したカイエの探険と比較できるものではない。竹内の言う「一人の探険家なのだ」は、ランボーのつんのめる思いの中で終わる。梅毒の後遺症も最後まで続き、金儲けに専念した彼に、「耳を聾せんばかりの叫喚や饒舌があった」などとは到底思えない。竹内引用の手紙にあるように、「四〜五年以内に五万フランほどの金を儲け、結婚します」が彼の目的だった。結婚はなかったが、ハラルの女と暫く一緒に暮らした。彼は普通の男に戻っていた。

振り返りすぎた黄金の青春

〈第六章宿命への反逆〉　八四年四月末、バルディ商会倒産で解雇。ランボーはアデンに戻る。手元に一万数千フランの金があった。「誰ひとり信用して預けられず、稼いだ金は終始肌身離さず持っていなければならない」と家族宛に手紙。七月に新たなバルディ商会が再起して一二月までの契約となる。ハラルの店はなく、酷暑のアデンでの仕事だった。「アデンであれ他所であれ、誰もがこの惨めな宿命の奴隷だから」だ。「僕は安らかに生きることも死ぬ事も出来ません。回教徒たちが言うように〈それは書かれている〉のです！　それが人生というものです。」これを語っているのは老人ではない。三〇歳の青年だ。このランボーを青年と呼ぶには、何かが徹底的に欠落している。以上は文を要約した。

昔ランボーは己れの青春をこう歌った。「黄金の紙に記すほどの、愛すべき、英雄的な、途方もない青春が、おれにも一度あったではないか」（朝）と。ランボーにとって青春とは常に「一度あった」と信ずるものである。それは振り返って見るべきものである。そして既に十八歳までに、己れの架空の青春を振り返り過ぎた。（中略）

夢は青年の特権ではない。少年は大成を夢見、老年は大成すべき少年であった己れを夢見る。東方へ、南方へ、ザンジバルへ、フロリダへ行くべきだった自分。万能技師か万能博士か、船乗りか探険家か、その何れにも少年の夢は通じていた。われわれはランボーが文学を棄てたという。だがもしかしたら、彼が『地獄の季節』とともにかなぐり棄てたものは己れの現実の青春期であって、詩の放棄はあくまで付随的結果だったのではあるまいか。アデンにやってくる前の数年、彼が誕生日が近づくと常にゆえなく苛立った理由も、そこにあったのかも知れない。

腹に巻いた一万数千フランの金は、バルディ商会を辞めピエール・ラバチュと手を組んで銃売り込みキャラバンの資金となる。ランボーが「黄金の紙に記すほどの青春が一、度あ、っ、た、で、は、な、い、か、」は「一度あったのではないか」の仮定形である。「見者の詩」が確立していたら、詩史に残る青春だった筈の思いである。青春が一度あるのは知れたこと。「信ずる、振り返る、振り返り過ぎた」は愚かな臆測。東方・南方はいいが「ザンジバルへ、フロリダへ行くべきだった自分」とは鈍な話。

ザンジバルは八七年夏、口のかかってきた仕事の行き先。ひどい仕事と耳にして取り止めた。フロリダは「酔いどれ船」の中の詩句。多くが「フロリダ州」と誤読。竹内も地名と読んでいる。実はラテン語で「花いっぱいの」の意で、パリのことである。少年の夢も勝手な推測。『地獄の季節』で詩も青春も捨てていない。徴兵で呼び戻される七四年暮れまで詩作の中にあったと言える。彼が誕生日が近づくと苛立ったのは、冬が近づくからだ。一〇月二〇日である。歩き魔の彼を拘束する季節。竹内は一般的な解釈の上に、詩にも行動にも間違いだらけの臆測で彼を不透明なものにした。

13 寺田透のランボー

『着色版画集』の筆蹟鑑定

戦後花盛りだったランボー研究に、「〝アルプス〟はバーの名だろう」と新説めかした茶々を入れたのは仏文学者の寺田透。「マダム＊＊＊がアルプス山中にピアノを据えた」（大洪水のあと）の有名な詩句に述べた愚論。それを否定できる研究者・訳者は誰もいなかった。寺田のランボー論は二つある。まず『文芸読本／ランボー』河出書房新社、一九七七年発行に、「着色版画集私解」約八〇〇〇字があるので取り上げる。

ブイヤーヌ・ド・ラコストの筆蹟鑑定に基づくいはゆる実証的究明が、『ある地獄の季節』をけしてそれまで信ぜられたやうに、ランボーの詩に対する告別状ではないと主張したのは、たしかに戦後の一つの「事件」であった。しかし僕はかう思った。ランボーの書記年月のはっきりしてゐる文字を、『着色版画集』の原稿の文字とつき合はせて、その原稿が『ある地獄の季節』のはっきりしてゐる成立時期より、のちに出来たものと推定してゆくのがラコストのやり方だ。

（中略）

考察の対象がわれわれの文字のやうにそれ自身意味のある象形文字ないし子音と母音の複合体を標記する文字とは違ふ、一語のほんの局部を現はすにすぎないアルファベットの、それも全部で二三の文字とあってはどれほど信頼していいものだろう。結局『着色版画集』の方が『地獄』より後の作品ではなからうかといふ、文学的な疑いが始めからあるのでなければ、大して有効な鑑定とは思はれない。

のみならず『着色版画集』の原稿が清書された原稿だとすれば、その文字が『地獄』の筆蹟より後の書き癖を持ってゐるとしても、それだけで『着色』を『地獄』の後の作とするわけに行かず、許されるのはランボーが『地獄』の後も、なほ文学を捨てる気になってゐなかったといふ推定だけである。

肩点は私。「けして」は「消して」でなく「決して」。「告別状」は「訣別状」、「告別」は死者との別れ。「標記」は「表記」。「現はす」は「表はす」である。『着色版画集』は『イリュミナシオン』の寺田訳。小林秀雄訳『飾画』に対する突っ張りだ。両者とも詩集の意図を読めぬままの自己主張訳である。

「イリュミナシオン」には、照明、霊感、（古写本の）彩色画の意がある。小林訳は抽象性があり、寺田訳は具体に近く駄訳である。英語の不得手なヴェルレーヌが、この詩集を「カラード・プレイツ（彩色版画）」または「プリンテッド・プレイツ（絵皿）」と後で伝えたことを眼にしていたのだろう。私には「霊感」と思われる。ランボー内部から現出した「他者」の叡知で書かれた作品ゆえ。だがそれを露わに誇示するのは嫌み。『イリュミナシオン』のままが妥当だ。寺田は筆跡鑑定の騒ぎが苦々しかったようだ。詩の「告別」も詩との訣別でなく、新しい詩の街に入ろうの詩句も読めぬ寺田の騒ぐことではない。

ジェルマン・ヌーヴォーとロンドンに渡ったのは、一八七四年三月末ごろ。ヌーヴォーが『イリュミナシオン』の詩稿の清書を手伝ったのは五月前半まで。ランボーと一緒ではパリの雑誌・新聞への寄稿は一切駄目と告げられ、ヌーヴォーが逃げ去るのが五月後半の様子。残されたランボーは抑うつ状態に落ち、母と妹ヴィタリーをロンドンに呼び寄せ、職探しを続けた。七月二七日、母と妹を大英博物館のアビシニア（エチオピアの古称）皇帝テオドロス記念展覧会に連れて行く。そのカタログが『イリュミネイションズ』であった。それが詩集『イリュミナシオン』の着想源と思われる。

七月三一日に職の朗報を得て母妹と別れ、ロンドン北東三八〇キロにあるスカーバラのホテルの家庭教師となった。そこでの作が「岬」である。『ある地獄の季節』の後、徴兵で呼び戻される七四年暮れまで、彼の詩作は続いていたと考えるのが真っ当である。未完詩集の売り込みのための「セール」や、民主主義を標榜しながら植民地侵略を進めるイギリスを痛罵した「デモクラシー」などは、七四年後半のものだ。詩に明らかな孤影がある。ラコストの筆跡鑑定は、疑いなく大きな成果であった。

今更持ち出すのも恥しい

かういふ「実証的」研究がなくても、すでに言った通り『着色版画集』の第一篇「大洪水ののち」は、『地獄』のパテチック（激情的）な人間劇、情念の燃焼によって浄化された人間の感覚の澄明を反映した詩篇である。これは僕の年緒久しい印象で、僕は小林秀雄の飜訳によってはじめてランボーを読んだときから受けてゐたこの印象を、今更持ち出すのが恥しくなった位のことである。

さういふ僕は、ラコストの検証について行きながら、筆蹟鑑定に基づくクロノロジー（年代学）の定め方より、もっと大づかみな『着色版画集』の「町々」や「母国の景（メトロポリタン）」の原稿が、少くも部分的には、七十三年八月『地獄』の上梓《じょうし》後始めてランボーが知った画家、ジェルマン・ヌーヴォーの書いたものだといふ指摘や、「青春」の第四節に出る「アントニウスの誘惑」といふ言葉が、七四年に初めて出たフローベールの『聖アントニウスの誘惑』の反響だといふ指摘の方にむしろ関心を惹かれたものである。

要するに『ある地獄の季節』は、ランボーの「詩」に対する告別ではないのだ。告別だとしても、ある詩への告別であって、それ以上ではなく過ぎたのは「ある一つの季節」にすぎなかったということである。

肩点は私。「年緒」の熟語はない。ランボーを読み始めた「端緒」の意だろう。『地獄』の上梓は「八月」でなく「一〇月」。ヌーヴォーは「画家」ではない「詩人」。フローベールの小説は『聖アントニウスの誘惑』でなく『聖アントワーヌの誘惑』。「告別」は「訣別」。論者としては粗雑すぎる。

実証的研究がなくとも、『着色』の最初の「大洪水ののち」は『地獄』の燃焼の浄化された後の作品だと、ランボー詩を読み始めたころより感じていた、今更持ち出すのも恥しい、とうぬ惚れている。『イリュミナシオン』の詩は七二年九月、ロンドンへ渡る船で書いた「海の絵」を皮切りに書き継がれたもので、おそらく「大洪水ののち」はロンドン着後に書かれたもの。『地獄』の後などとはとんまな思い込みである。「浄化され澄明を反映した」の感じは、マチルドからヴェルレーヌを奪い、見者の道行きが実現された充実感・解放感によるもの。『地獄』の葛藤などまだ何もない。

「大洪水ののち」は大方はノアの大洪水の後と解釈しているが、私はパリ・コミューンの蜂起を大洪水と見立てたものだと断定。「また大洪水を起こしてくれ」の詩句が、それを語っている。コミューンへの追慕が、まだ彼の中で鮮烈であった時のもの。七三年に入るとコミューンのロンドン亡命者に拒絶され、その追慕も消滅していく。エクリチュール（書く行為）の特徴は筆跡だけでなく文体にもあり、その時々の心理・感情・思考を映じているものだ。それも読めずに「今更持ち出す恥しさ」は恥の上塗りだろう。「町々」や「母国の景」もヌーヴォーの清書したものだが、『地獄』以前の詩である。

寺田訳『ある地獄の季節』も誤まり。UNE SAISON EN ENFER の原文は、「一つの、季節、の中に、地獄」と並んだもの。『地獄の一季節』が正しい。「ある地獄」は不特定な地獄である。ランボーの地獄は、七三年八月ロッシュ村に戻って「地獄の夜」を書いた前後と限定されたもの。「季節」は修飾語。「告別」は詩との訣別でも、ある詩への訣別でもなく、「ある一つの季節にすぎなかった」軽薄なものなど『地獄』にはない。

健康で優しい正道への帰還

このわたし、あらゆる道徳を免除されてゐる、ペルシャの神官とか神の使ひとか自から称したこのわたしが、今後尋ぬべき一つの義務と、抱きしめるべききめの粗い現実を背負ひこんで、大地に返される。百姓だ。

（「告別」）

このやうに『ある地獄の季節』で詩人が言ひ放つときも、そこに詩の放棄、難渋な百姓生活による贖罪の覚悟だけを読みとる必要はない。隣人を愛し、真実に、しかも孤独の中で独力をもって生きるもう一つの生き方が、希求されてゐるだけのことである。

これは「告別」の前段後半部分。私はこの世の道徳から免がれ、祭司や天使と自称もしたが、今は生きる義務を背負い、ざらざらした現実に戻される。百姓だ。この後、私は「他者」に欺かれていたのか？　嘘でヴェルレーヌを道連れにしたことは詫びねばならない。そしてまた見者の道を行くのだ。だが助けてくれる友は誰もいない。の詩意が続いて前段が終わるもの。百姓に戻される思いは詩作の時間がなくなる辛さで、「詩の放棄」に短絡しない。だがヴェルレーヌに対する「贖罪意識」は、はっきり読み取らねばならぬもの。一人になっても見者の道を進もうと思うが、助けはどこにもないという、弱気な「素顔のランボー」のセリフが前段の詩意だからである。

さうとも、新しい時は少くも峻厳をきはめてゐる。かういふわけは、勝利がわたしの手中に入ったと言へるからだ。歯ぎしりの音、笛のやうに鳴る火の音、病毒にけがれた吐息が鎮まる。すべての不潔な思ひ出が消えて行く。わたしの最後の未練（も足早に去って行く）。——乞食、追剥、死の仲間、あらゆる種類の落伍者に対するねたみが尻に帆をあげる。——堕地獄ものさ、わたしが怨みをさらさうとしてみれば。

健康ですがすがしく、優しく、正道をたどる生き方への帰還が問題なのだ。詩が捨てられるとは言ってゐない。

文中の（ ）内は寺田の省略部分。詩は「告別」の後段前半である。訳が悪く詩意も読めていない。「健康で優しく正道への帰還」と感じ、「告別」は詩との訣別でないことを主張しているのみ。新しく詩に進む時は厳しいものだ。地獄には落ちたが、勝ったのはおれの方だ。おれをさいなんだ不潔な思い出が消えて行く。ヴェルレーヌの支援に頼っていた最後の未練も去って行く。世間からの脱落者（道徳不要者）に対する羨望も消えた。はみ出し者たちよ、もしおれが法や道徳に恨みを晴らせたら、君たちの力になれるだろう！ という詩意のもの。どこに「健康、優しさ、正道」があるというのか。

後段は「素顔」が引っ込み、「他者」の強気なセリフに切り替わっている。前段で「素顔」がどうしたらいいかわからないと嘆いたのに対し、「新しい時とは厳しいものだ」と弱気を断り捨てている。この転移を読み取った研究者は誰もいない。

華麗で強壮な宗教的世界

……強壮な体力と真の優しさの流入は残らず受け入れよう。そして明け方には、燃えるやうな忍耐で身を鎧ひ、われわれは華麗な都に入城しよう。
この言い方はけして実際的ではない。勤勉で我慢づよい、詩を捨てたものの、実生活と道徳性への帰還を予告してゐない。詩が光被してゐるのはここも同じことである。その詩を先入見によって否定させるとき、ひとはそこに華麗で強壮な宗教的世界を読みとらねばならなくなるが、次に来る、

――しかもわたしには、一個の魂と肉体のうちに真理の所有が許されるだろう。

といふ言ひ方は、回心者にふさはしい謙抑の反対である。これはキリストにしか許されない言ひ方だろう。（中略）しかし僕は「告別」の最後、ということは『地獄』の巻末であきらかにされる自責と自信の上に『着色版画集』が現れると言ひたいのではない。また両者の間に制作時期ないし思想や感情の相違を認める必要がないと言ひたいのでもない。ただ二つは別のものだといふことを言ひたいだけである。しひて言ふなら『地獄』の「朝」に、

……今日わたしは、わたしの見てきた地獄の話は終ったものと思ふ。全く地獄だったのだ。昔ながらの地獄、人の子が戸口をあけた地獄だったのだ。

と語られてゐることを考慮に入れて、このやうな、神の管理下にあるのではない、従ってそれからの脱出が不可能ではなかった地獄を後にした自分を主人公とする物語が書かれねばならず、それは書かれて『イリュミネーションズ』と名づけられたと、少くも『イリュミネーションズ』の一部はさう思はせると、僕は言ひたいまでである。

二段落の「けして」は「決して」。「光被」は「徳が広くゆきわたる」。四段落の「謙抑」は「へり下って自分を抑える」である。一段落の「……」省略部分には、絶対に近代的であろうの断言があり、神にすがる思いなどない。得られた詩人の地位を守るだけだ。光明の見えぬ辛い夜。乾いた血が顔に湯気のようにくゆり、背後にあるのは法や道徳という柵だ。精神の闘いも戦闘同様に荒々しい。何が正義かは、神のみが知る快楽。今はその前夜だ。闘いはこれからだ。の詩意がある。

「強壮な体力」は悪訳。他訳は「あふれる生気」だ。あふれる活力や本当の優しさならすべて頂こう。そして夜明け（詩の転換期）には、闘い切る忍耐力で身を固めて、おれたちは「光輝く街々に入るだろう」となる。「華麗な都に入城」も悪訳。

寺田は「決して実際的ではない」との読みだが、忍耐力で乗り切って未来の詩の世界に入って行こうの思いは、ランボーの中の「他者」の願望だから意志強く吐き出されている。それも

「おれたちは」と明記されている。「素顔」と「他者」の一身二人格である。寺田は、ああでもない、こうでもないと言い淀みながら、「華麗で強壮な宗教世界を読みとらねば」に落ちて行く。そして「一個の魂と肉体が真理を所有」などとは、キリストのみの言葉で、「謙抑の反対」回心者にふさわしくない傲慢だとおっしゃる。ランボーはどこで回心したものやら。

「――しかもわたしたちには」の前にあるのは、おれは偽りの恋愛を笑うことも、あの欺瞞的なカップルに恥辱を与えることもできる。おれはあちらで女たちが地獄の苦しみを味わったのも見たのだ。の詩意である。これが最後の段落。ヴェルレーヌ夫妻やモーテ家を侮蔑し、「しかもわたしには」と続く文体は彼らに対する自分の在りようを語っているもの。一個の魂（他者）と肉体（素顔）の一身二人格のうちに真理（真実）を所有することが許されるだろう。という詩意である。

地獄後の主人公の物語

キリストを痛罵してきたランボーに、許す許さぬはない。そして後段には「自責」などはない。前段の「素顔」は「許しを乞う」思いがあったのに、後段の「他者」はすっぱりとヴェルレーヌを斬り捨てている。そして「さらばだ」と言い放っているのが詩題の意である。「告別／訣別／別れ」などの訳は、ランボーの肚が読めていないものだ。

寺田の「のではない」のもたもたを聞かずとも『イリュミナシオン』と『地獄』は別ものであ

ある。前者は「見者の詩法」として書き出されたものであり、後者は「素顔」と「他者」の葛藤として急遽書き綴ったものである。「他者」の傲慢より発した見者の道断絶の苦しみがなければ、この詩は生まれなかったものだ。まさに地獄だったの「朝」を挙げて、「このやうな神の管理下にあるのではない」という奇妙な文は、「このやうな」で「神の管理下」を肯定し、「にあるのではない」で否定するのらりくらり。だから「脱出が不可能ではなかった地獄を後にした自分を主人公とする物語が書かれねばならず」とは、書かねばならぬことを見失った文である。

地獄からの脱出は「素顔」と「他者」がとことん葛藤し切って「地獄の夜」は終わっている。そして「告別」が最後ではなく、始めの「序詩」が詩集最後の作である。「おれの地獄堕ちの手帖から、何枚かのおぞましい紙葉を抜き取ってお見せする」の末尾がそれを証している。加えて「序詩」は「他者」の強気のセリフに満ちており、「素顔」がまた「他者」の支配下に入ったことを語るものだった。地獄から脱出できた「自分を主人公とする物語が書かれねばならず」とは何のことやら。そして『イリュミネーションズ』になったのだとのご託宣。

ランボーは七三年一〇月に、出来上がった『地獄の一季節』一三冊ほどを手にし、パリに出て詩人たちに驚愕を与えるつもだったが、完全に無視された。接近してきたのはジェルマン・ヌーヴォーのみ。その後落ち込んで詩作はなかった。七四年三月末にヌーヴォーと渡英後、徐々に詩作は復活したが、詩作に駆り立ててきた「他者」は潜在化のままだった。『イリュミナシオン』の大半は『地獄』以前に書かれ、七四年の作は九篇である。『地獄』後は、食うことと詩作のせめぎ合いとなっていく。

永遠に新しい忍者の変貌

寺田論のもう一つは、粟津則雄編『ランボオの世界』青土社、一九七二年刊に、「永遠の新しさの秘密」四〇〇〇字弱がある。「僕はランボーに魅入られたり畏敬してゐるわけではない」に始まるもの。末尾に触れておく。

　彼がなんらかの原因によって、心気昂揚し変貌したかに見える自分自身を（彼はまたさういふ自分を客観視し得る能力の所有者だったが）、「われわれ」と複数形でしょっ中呼ぶのも同じ機制にもとづく事柄だったらうと思はれる。ランボーが永遠に新しい理由は、恐らくそこらにある。

「機制」の熟語はなく、あえての意は機会の抑制ぐらい。文脈からは「機構」からくりのこと。寺田も「見者の手紙」の「私は他者」がわからなかった。「なんらかの原因で心気（機）昂揚し変貌した」のは事実である。詩人になりたい思いの行き詰まりの中でパリ・コミューンの蜂起が生じ、一気に「見者の詩法」を書き上げて突破口とした。自分の深層無意識から「他者」が現出して、自分を支配して行ったのである。「自分を客観視し得る能力」などではない。あれよあれよと思ううちに、人を魅了する詩が生まれ、カルチェ・ラタンの寵児になって行ったのだ。一身二人格のランボーは詩に表出されている。

掲出文の前に「彼の散文詩には常に、一つの段から次の段に移る間、制作抛棄と疑はれるほど、大量の時間の経過の事実と意味が確認される」とし、「二段目を書く彼は一段目の彼ではない」と書いている。これは「告別」の前段と後段の違いに気付いており、「地獄の夜」の激しく交錯する二者のセリフの違いにも感ずいていたことだろう。だが「われわれ」の複数形のからくりはわからず、忍者の如き捉えにくさが「永遠の新しい秘密」だと保証される。

C・G・ユングが解明した『創造する無意識』の体現者としてランボーは稀なる存在である。人類の叡知としてランボーが突き付けた、既成の美・道徳・価値の転倒がまだ未解決ゆえに、ランボーは世紀や民族を越えて問われ続けているのだ。

14　花輪莞爾のランボー

シャルルヴィルの象徴は猪

「アフリカを放浪中持ち歩いた武骨なトランクが、シャルルヴィル市立博物館に陳列してある。食器類は兵士のもののように重く頑丈な金属製。地の果まで歩いてゆき、半死半生で還ってきた肉体の従属物だった。詩人ランボオを語るうえでは瑣末なことだが、遺品とは物理的厳存の確証であるとともに、それ以上のことを物語っている。」文は圧縮した。そう書き出しているのは、「〈酔いどれ船〉は船出したのか」の花輪莞爾。ランボー研究者で一万六〇〇〇字余の稿。粟津則雄編『ランボオの世界』青土社、一九七二年刊に集録された。

「シャルルヴィルはパリから北東にむかって約二百四十キロ」と書いている。これはくねった鉄道距離と思われる。私は地図で測った。直線距離で二〇〇キロ（五〇里）である。ランボーも「酔いどれ船」の二一連に「五十里の彼方に盛りのついた怪獣（べへモ）」がいると書いている。シャルルヴィルから五〇里先のパリに、コミューンの捕虜を虐待し虐殺して止まない怪獣のような獰猛な軍隊がいる、という詩意の箇所である。「鉄路」とも書かぬ花輪の「二百四十キロ」は混乱を招く。「シャルルヴィルの象徴は猪だそうだが、そんな僻地なのだ」

と、詩人を追放した街の叙景は思い入れが深い。

革命を契機に自己形成

ランボオを論じる際につきまとう困難の一つは、このあたりにも原因がある（稀に見る歴史の動乱期を生きた詩人ということ）。動乱の波及とその多岐にわたる影響力、それに歴史の劇的な断面をもつ重層的な意味などが、ランボオの形成に深くかかわってきており、そればかりか、ランボオの異常にはやい自己形成自体が、人間ランボオと詩人ランボオとの混沌とした二重性を帯びてくるからでもある。これは何も彼の成長形成の問題に限られては来ない。その対極である彼の詩人崩壊にも、動乱期という特有の困難がつきまとい、形成の中にその崩壊の芽をはらみながら進行している。

特にパリ・コミューヌの乱の持っていた意味と深くかかわっていたために、コミューヌの悲劇的な崩壊以後、七十五年に第三共和政が成立するまでの、コミューヌ圧殺勢力の手になる堕落した反動政治、そして第三共和政の脆弱さと頽廃、こうした一切に耐えられぬ思想心情の持主となっていたのではなかろうか。ランボオは以来つねにフランスに落ちつけず、その周辺を転々と逃げ回り、やがてアフリカへ旅立って行った真情には、革命を契機に自己形成した者の、自己への愛・忠誠のことが一面あったような気がしてならない。

劇的歴史の動乱は、自己形成に多大な影響を与えた。無ければ詩人ランボーは生まれなかった可能性が高い。それがランボー論の困難な原因どころか、その背景が詩を読み解く鍵となっている。「酔いどれ船」最後にある「囚人船」は、ブルターニュ半島沖の二五隻の廃船にコミューン捕虜が詰め込まれた囚人船のこと。動乱資料を読まねば不明のままだ。「異常にはやい自己形成」は、「見者の手紙」にある「他者」の憑依現象によるもの。ユングの唱える「稀なる無意識の創造」の出現であった。「人間ランボオと詩人ランボオの混沌とした二重性」はそのために生じた。「他者」は説明ずみゆえ省略。

その憑依現象（二重性）が詩人ランボーを形成した。『地獄の一季節』のすさまじい葛藤も生んだ。「詩人崩壊」などはない。「崩壊の芽をはらんだ進行」などもない。食う道へ歩き始めたランボーから、憑依した「他者」が消滅し詩は放棄され、「素顔のランボー」に戻っただけ。

彼を詩人に駆り立てたのはパリ・コミューンの蜂起である。「他者」が生じ「見者の手紙」が書かれ、義勇兵ばりの詩が吐き出された。「七十五年に第三共和政が成立」は誤まり。七一年八月、ティエール大統領就任とともに第三共和政は成立した。その前の五月末にコミューンが壊滅され、捕虜は虐待・虐殺された。「脆弱・頽廃」ではなく、傲慢・非道を極めた。ランボーは強烈に反抗した。花輪の状況認識は粗雑。「つねにフランスに落ちつけず」ではない。彼は詩壇に盾突き「見者の詩人」となるため、ヴェルレーヌの支援を得てイギリスに逃亡した。彼との訣別後は自立して食うための転々である。

転々のあげくアフリカまで行った真情には、「自己への愛・忠誠」の一面があったのではと言う。自己愛はナルシシズム、うぬぼれ、自己陶酔である。自己忠誠はエゴイズム、自己主義となろう。革命契機に自己形成した者が自己愛・自己忠誠の真情を持った、と思うこと自体がおかしい。革命は自己を捨てる覚悟を必要とする。ランボー自身その闘士を讃える詩を書いた。彼のアフリカ行きには、〈おれには能力〉があるという思い込みのうぬぼれ・自己主義は確かにある。しかしそれをさらけ出し、自分を無にする忍耐の果てに、銭儲けの食う道に出られたのである。ランボー心酔者である花輪の文の奇妙な褒め言葉でしかない。

詩人と対立した代表的淑女

ランボオにとって神にも近かったボードレエルに即して、吉田健一氏の言葉を聞くならば、「ボオドレエルがその散文詩に『パリの憂鬱』といふ題をつけたのは浪漫主義の伝統に即して憂鬱を気取ったのではなかった。彼の時代だった十九世紀が彼に憂鬱を強いたのであり、さうならざるを得ない健全な精神の持ち主でなくて『悪の華』も『パリの憂鬱』も書けるものではない。」（中略）
「……彼の義父になったオオピック将軍が彼が青年に達して将軍の考へではちゃんとした

人間になって当時認められてゐた正業の一つに就くのを拒んだことで彼に禁治産の処分を受けさせたことの方が精神分析などの立場からでなしに、さうしたことよりももっと端的に彼にとっては決定的な事件だったに違ひなくて、そこで詩人と俗世間、或ひは十九世紀と世紀末が対立した。」

などの指摘は、実に明晰にこの二つの世代の越えられぬ断絶を浮きぼりにしている。もしオーピック将軍が代表的な十九世紀的な俗物紳士として、どうにもならないほど世紀末と詩人と対立したのだったら、ランボオを一人前のブルジョワに仕立て上げるために狂奔し、当時の詩人が学校にも行かず〝正業〟にもつかないのに歯噛みしていたランボオ夫人――鉄の女として悪名高い――はまさに代表的淑女として、あくまで詩人と対立せざるを得なかったのだという図式が、見事に出来上がろうというものである。

吉田健一『ヨオロッパの世紀末』を長々引用し、一八世紀の風刺精神や冷静な観察眼は最高度のヨーロッパを実現したが、一九世紀にはそれが俗物的に拡大再生産されただけの堕落した時代になった。ヨーロッパ・ロマン派の横行はその典型。彼らが理想とした「紳士淑女」の俗悪さと跳梁ぶりは眼に余った。ボードレールの「新しい戦慄」はそれに反抗するものとして生まれ、ロマン派や高踏派を越えた世紀末文学の発生を見た。それはヨーロッパの否定の上に立つものであり、ランボーもその象徴的一人として展開した。掲出文はそれに続くもの。

ボードレールの『悪の華』は一八五八年刊。風俗を乱すとされ、罰金刑と詩六篇の削除となった。世紀半ばゆえ世紀末文学には括れぬが、先駆ではあった。「悪から美を描き出し新しい戦慄を創造した」と評したのはビクトル・ユゴーである。ランボーの「見者の美学」は、「あらゆる悪の底辺からも美を」ともっと深く穿つものとして提起された。ボードレールの否定対象はロマン派。高踏派はその後に生じ、ランボーの否定対象となる。頽廃的ロマン派・高踏派に敢然と挑んだのは彼だ。

ロマン派の「紳士淑女」は、彼らの世界の華やかな人を指す。オーピック将軍は該当するが、ランボー母ヴィタリーは淑女ではない。亭主に捨てられ、世間を気にし、厳格けちに生きた女性である。食えない詩人の道を妨害するのは親の本能である。二先輩も立ちはだかった。阻む者がいてこそランボーの意志が試され、それを越える「他者」の出現となった。

文学本質の健全な狂気

吉田健一氏は「ヨオロッパの十九世紀といふのが事実霧に包まれた時代ならば、その霧を払ひのけて眼の働きを取り戻したのが世紀末」なのだと言う。これはまさにランボーに当てはまる。「見者の手紙」には、「ミュッセは何一つ作れはしなかったのです。紗のカーテンのかげにあるようなヴィジョンばかりです。彼は眼を開いてなかったのです。」あるいは「詩人は全感覚の長期にわたる、大規模なしかも計算された錯乱によって、自らを見者とするのです。」この二つの表現から、視覚喪失の前世代に対し、見る者としての自己確立を目指す世紀末的意図が明確に浮かび上がってくる。（中略）

ボードレエルが既存のブルジョワ的な美神（ミューズ）に対して、また吉田氏の言う「その文学が十九世紀のヨオロッパでのように、何か一般の読者による検閲に似たもので或る形を取ることを強ひられた」時代に対して、腐爛屍体（シャローニュ）を突きつけたのなら、ランボオはこのように「全感覚の錯乱」を突きつけて見せた。

「近代の詩や絵画の大家どもは、俺の眼には馬鹿々々しかった。俺は白痴のような絵を愛していた。欄間の飾り、舞台の背景、辻芸人の辻びら、看板、絵草紙を。また時代おくれの文学を俺は愛した。」という『地獄の一季節』の「錯乱Ⅱ」の一節は、吉田氏の指摘のすでに立ち枯れしかかっている十九世紀の俗悪が瀰漫する中では、強力な異議申し立てとなり得るという時代背景があった。錯乱こそが健全であるという価値転覆があった。かかる場合の狂気とは、ミッシェル・フーコーの言う通り、周縁的（マージナル）であることによって、かえって現実を鋭く剔抉《てっけつ》しうる狂気であり、常に先取りを可能にさせる文学の本質に深く根ざした〝健全〟な狂気にほかならない。

吉田の言う「霧に包まれた十九世紀」に、花輪の考察がない。一九世紀フランスは、ナポレオン皇帝派やルイ王朝派の支配した時代。一八四八年二月の革命はあるが、五〇年に第二共和政をナポレオン三世がクーデターで潰した。安易につく享楽・退廃が世を支配したのである。「見者」とは安易な霧を見透かす者のこと。「全感覚の錯乱」とは既成価値の攪乱であり、新しい価値創造の蛮勇を意図するものであった。吉田の「一般読者の検閲にも似たもの」は、評者の認識の偏り。安易についた者の常識・習慣が異端を排除したものだった。悪に立つボードレールは、「偽善の読者」と『悪の華』で言い放っている。

ブルジョア的美神に「腐爛屍体を突きつけた」とは露悪的な表現である。腐爛どころか、強烈な肉体と苦悩する精神をこそボードレールは突きつけた。「全感覚の錯乱」の訳自体、理解が怪しい。湯浅博雄訳に「理に適った壊乱」があり、金子光晴訳には「理に即した放埒」がある。前者は破壊、後者は解放である。花輪の「計算された錯乱」は、展開の予測された全感覚の掻き乱しほどの意。

「近代の詩や絵画の大家ども……」は、異議申し立てではない。斬り捨て。既成価値への大鉈ぶり、自分の拠って立つ足場を示したもの。「近代」と区切っているが、中世のヒエロニムス・ボッシュやブリューゲルの痛烈な幻想的風刺画を知らない。ランボーの限界は明確にあったが、切り岸に立った『地獄の一季節』は、障害物を蹴散らして進む「他者」の傲慢・蛮勇の際立った作。芸術ぶったものへの横びんたであった。

ランボーは「見者の道」へ進んでから、つねに自分が「正しい」と信じていた。「錯乱こそが健全な価値転覆」は心酔者の持ち上げ。「健全」は、異状なく悪影響のおそれなどない状態のこと。彼の目指した既成の美・道徳・価値の攪乱転倒は異状事態を望んだもの。結果は既成価値に敗れ、詩を捨てたのである。正しいとの「他者」の信念が、狂気とも言える道へ「素顔のランボー」を歩ませた。それが「地獄の夜」の凄まじい葛藤となった。文学者の「まっとうな狂気」がそこに証明されている。「健全な狂気」などはあり得ない。

詩人を他者化する見者思想

花輪は「見者の手紙」にある「ぼくはやがて労働者となるでしょう」を取り上げ、「ブルジョワ出身のランボオが労働者になると言い切ることのショックは決して小さなものではない」と書いている。母ヴィタリーは小地主の出とは言えアパート暮らしの一般市民。しかし階級意識は明らかにあったと見ている。「階級闘争の熾烈さは、階級の流動がはげしく、ブルジョワ階級がつねに成金によって構成されている日本のような国では、想像もつかない点だ」とし、次のように続ける。

こうした問題を一応含んでおいても、この文章には一つの自覚に達した詩人、つまり他者として自分の内部に現存している〝詩人〟に、いやおうもなく引きとどめるものとして、ランボオの裡で詩人を他者化するものとして厳存したのが見者の思想である筈であった。してみると、この見者の思想とほぼ時期的に一致する「酔いどれ船」の海とは、あくまで内奥的な海であった筈である。実際、平凡な伝記的事実として、ランボオ少年はまだ本当の海を見たことがなかった。後に本物の海を見てから「海景」の如き作品を残しているが、あらゆる点で「酔いどれ船」には及びもつかない。

この詩は、海をまだ見ぬ少年ランボオの内部に繰り広げられたがゆえに、考えられる限り壮麗な航海となり、純粋に詩的空間での壮大な飛翔の試みとなり得たのである。引きとどめるものとしての思想を意識しながら書かれた筈のこの作品が、実は彼を故郷から引き離し、結果として死ぬまで彷徨者として運命づけたとは、一つの痛烈な皮肉とでも言うべきなのだろうか。或いは皮肉でもなんでもなくて、最も内奥的であったこの詩の力強さが、否応なく当然至極に、ランボオの肉体を引きずって行ってしまったのだろうか。

花輪に「ブルジョア」の説明がない。辞書には「中産階級、有産者」また「ブルジョア革命による新興の市民階級」とある。一七九二年と一八四八年の王政打倒革命はブルジョア革命である。有産市民階級が増えた。しかし花輪も言う「階級闘争による流動も激しかった」と。固定されたものではない。中世フランスでは僧・貴族以外の都市自由民のこと。近代では資本主義興隆とともに形成された有産階級のこと。花輪の言う「紳士淑女」に括れる階層である。母ヴィタリーはブルジョアではない。ランボーは第三共和政のブルジョア政府に、詩を通して激しい怒りをぶつけた。ブルジョア出身の意識などは欠けらもない。「他者として自分の内部に現存した詩人」を認識したのは見事。「詩人を他者化するものが見者の思想」は的外れ。内部に現出した「他者」がランボーを詩人に仕立て、「見者の詩法」を紡ぎ出した。それが既成価値の攪乱転覆を目指していく。アルバイトしてでもパリに出て詩人になりたいとあがくさ中、ヴェルレーヌから出てこいの返信があり、興奮して一気に書いたのが「酔いどれ船」だった。「他者」の叡知が存分に披露されたもの。

この詩は「引きとどめる思想を意識」して書いた作ではない。「見者の手紙」を書き終えるまで引きとどめる「他者」がおり、「見者の詩法」確立までコミューン参戦も抑えられていた。「酔いどれ船」では飛んで行きたいパリである。詩句を読めず「壮麗な航海、壮大な飛翔」としか把握できていない。「故郷から引き離し」でなく、離れるのが彼の意志。「死ぬまでの彷徨」は、目指した詩人の破綻と、食う道を求めてのさすらい。「痛烈な皮肉」などなく、ランボーの稀なる運命だった。

ムーズ川の船形の島

ぼくはランボオ河岸の手すりにもたれて古い水車小屋を眺めていた。……その時突然、ぼくは奇妙な思いにとらわれた。例の古い水車小屋なのだが、それは河岸から五六米ほど離れた河の中に建っている古いレンガ造りの大きな建物で、必然的に流れを堰く形になっている。古い水車小屋と河岸との間、つまり河岸側に向かってかつて水車（ムーラン）があり、ランボオの時代には動いていた。現在ではこの建物は舟の形をした百米ほどの島の中央に建っていて、そこは公園になっている。島の上流側の先端は舳《へさき》の形にセメントで固められており、下流側は艫《とも》の形に流上砂の尾を引いて草木が繁っている。尾の部分は、ランボオが住んでいたランボオ河岸五番地まで続いている。（中略）

ランボオの住んだ家の前に、船形した島があるとは一体どういうことだろう。しかも「酔いどれ船」の中には、「纜《ともづな》を解かれし半島も」と「さながら島の如くなり」と二ヶ所に島と船との類比が出てくる。さらに重要なことだが、当時のランボオは行動に駆られながらも、引きとどめられていたことである。坐りこんでいざるを得なかった詩人であり、「目下ストライキ中」でもあった。ランボオという酔いどれ船は、単に船形をした島でしかなく、河床から剝離できずに留まっている〝船〟でしかなかったのではなかろうか。

文中にあった原文 Vieux Moulin は「古い水車小屋」と訳した。シャルルヴィルのムーズ川のマドレーヌ河岸は、ランボー河岸と改名された由。ランボーは古い水車小屋のある船形の島から「酔いどれ船」を着想したのでは？　の思いにわが意を得たらしい。この新発見をシャルルヴィル図書館長に問い合わせている。昔は水を堰くため木杭を並べて打ち込んだ簡単な船体でしかなかった、と悲観的な返信。でも新説は捨てかねる由。「〈酔いどれ船〉は船出したか」の題もそのこだわりである。

愚かな妄想。詩で船は明らかに船出し、これからの人生を予想しきって頭の中の大海を漂流し終えている。「纜を解かれし半島」は拘束のない自由人の暗喩。「さながら島の如く」は船を島がわり集うかしましい鳥どもの話。「さらに重要」として「引きとどめ」を持ち出すが、それは「見者の詩法」を書き終えるまでのこと。ドメニー宛の最後に「返事を急いで下さい。一週後にはぼくはパリに行っているでしょうから」と書いている。「目下ストライキ中」は、パリに出て詩人になりたいランボーに、母は職につけと妨害、イザンバールとドメニーは常識家として手助けせず、それに対する彼の拒否権であった。

竜骨破砕と河床剝離の島

稿の末尾に「詩の結末に、冷厳なる現実のとつぜんの闖入が起るべくして起ったのではなかろうか」とし、「おお竜骨よ破裂せよ、おお海に行きまほしきかな」の詩句を挙げ、「竜骨の破裂と海への憧れとの矛盾した表現の意味も、酔いどれ船が河床にへばりついた島でしかなかった時に、初めてはっきり理解できる。竜骨の破砕とは、島が河床を剝離して〈非情の河を下ること〉を意味するからだ」と述べている。

とんだ珍説に落ち込み、さもありなん理屈を並べている。「おお、竜骨よ破裂せよ、おお海に行きまほしきかな」は、平井啓之訳「おお竜骨よ砕けろ！　ぼくは海に沈もう！」である。この詩句のある二三連は、コミューン壊滅におれは余りにも涙した、夜明けは胸を抉り、月も太陽も空しく苦い、新しい時代をつくろうとした彼らの捨て身な愛に、おれはすっかりしびれてしまった、おお酔いどれ船は砕けろ！　おれは海に沈み沈黙しよう！　の詩意のもの。「河床を剝離」など無関係である。

「竜骨」は「酔いどれ船」を書いた詩精神でもある。それに「砕けろ」とは、コミューンの捨て身な愛にはとても及ばないの含みである。そして二四連で母子家庭の悲哀を語り、二五連で権力に立ち向かう非力を吐露して終わる。花輪も砕けろ！

15　渋沢孝輔のランボー

フォリソンの女体説

「ランボーほど文壇ジャーナリズムに衝撃的な話題を提供し、大きな波紋を巻きおこしている詩人も少ないだろう。……失われた大作『精神の狩猟』として発表された作品の真贋をめぐって、フランスの学者・文学者を渦中に巻きこんだ〈ランボー論争〉は、偽作犯人の逮捕というスキャンダラスな幕切れとなる大事件であった」と書いているのは、渋沢孝輔の「ランボーの〈母音〉問題」である。『文芸読本／ランボー』河出書房新社、一九七七年発行に載った。一万六〇〇〇字余のもの。一九六一年末に、ランボーの「母音」は性交時の女体を描いたものという論文も、華やかな話題となり賛否入り乱れたとのことだ。

ロベール・フォリソンという地方の女子高校教師で、雑誌発表の匿名論文「人はランボーを読んだことがあるか」に述べられた由。一七歳の少年なら誰でも抱くエロチシズムの幻想から説明する方が自然とし、ランボーは女体への思いに取り付かれていた。その証拠は初期詩篇の殆んどすべてに見られるが、たとえば「母音」に関連して引き合いに出される無題の四行詩を挙げて、次のように展開する。

星はお前の耳の核心で薔薇色に泣き、
無限はお前のうなじから腰へと白くうねった。
海はお前の朱色の乳房で朽葉色の真珠となり、
そして「人」はお前の至高の脇腹で黒い血を流した。

これは疑いもなく女体の、上から順に下にかけて眺められた女体の紋章詩である。ところで「母音」もこれと同種の、ただし四行詩とは逆に下から上にかけて描かれた女体の紋章ではないのか。ここでは各母音の形態が女性の「形態」を暗示する。しかも交接の出発点から恍惚の瞬間までを表現しているのである。図式的には次のようになる。

Aを逆にして↓∀　セックスの形、出発点。
Eを横にして↓ω　乳房の形、漸進的な開花。
Iを横にして↓I　唇の形、陶酔の瞬間。
Uを逆にして↓∩　髪の形、小凪の状態。
O↓O　眼の形、最後の恍惚状態。

つまり「母音」はエロチックな神秘化の上に築かれているのであり、しかも単にその種の解釈も可能だということではなく、もしエロチックな意味でなければこの詩には何の意味もないと言わねばならない。言いかえれば、われわれの捜しているのは「母音」の「必要にして十分なる意味」であって、その意味はまさにこのように見出した。

フォリソンの論はもっと細ごま紹介されているが、論の意図はこれで十分。図式のEはギリシア文字のE《エプシロン》から小文字εに転じ、横にしてω乳房の連想に至っているもの。フォリソンの解釈は女子高校の教師がみだらなという非難はあるが、綿密細心な論考ゆえ「革命的論文」と呼ぶ賛成派の熱狂ぶりに比べ、批判派は口ごもりがちだったとのことである。渋沢もいかがわしいと思いながら、反論ならずである。

精密なエロチシズムの城

一篇の詩作品は、或る人にとっては何の意味もない言葉の遊びであり、或る人にとっては性交時の女体の絶妙な描写であり、或る人にとっては深遠な宇宙論的秘儀の見事な解説と映るだろう。だがいずれにせよ、それはいくつかの言葉の集合体としての一篇の詩である。……ぼくは一篇の詩作品は、読む人の数だけ読み方があるなどという敗北主義的な視点について述べているわけではない。さまざまな解釈を許しながら、それが一篇の詩作品であるという単純な事実に驚いている。たとえ多くの錯誤があるにせよ、「母音」をめぐりフォリソンのような精密なエロチシズムの城を築いたことは、驚くべきこと。

フォリソンの性的紋章論は今もって未解決。私が反論しておく。まず「無題の四行詩」について。詩の「お前」はパリの暗喩。パリは「花の都」や「女王」とも呼ばれる。「パリのどんちゃん騒ぎ」の六連に、「お尻の軽い〈女王様〉、パリのために乾盃だ！」の詩句がある。この詩を始め「見者の手紙」の後に書かれた詩は、「正義の人／母音／無題四行詩／山羊の屁男爵の手紙／酔いどれ船」などがある。どれもパリ・コミューン壊滅の無念とティエール政府に対する怒りに貫かれている。エロチシズムなど湧く隙もなかった。四行詩を解読しておく。

一行目、天から見下ろす星は、女王パリよお前の心の耳に涙を流し、二行目、時空を流れるフランスの歴史は、女王パリよお前の首筋から腰へのエロスを虚しく白くめぐる。三行目、女王パリよお前を取り巻く海（人々の思い）は、血まみれに染まったパリの乳房を変色した宝石の如く胸に秘め、四行目、そして男たちは、女王パリよお前の脇腹で無念の黒い血を流した。以上が詩意。四行目の「人」は他訳は「男」。Homme は、人間、男性の意。女王パリのエロスと闘士の血を対比した詩である。

ランボー詩には省略・飛躍が多い。詩作時の関心事、象徴句の含む心理などを勘案しなければ糸口は見えてこない。「お前」が「女王パリ」、「黒い血を流す男」とくれば、彼の心理はパリ・コミューン追慕以外にはなかった。あと「星、無限、海」の暗喩に分け入れば詩は読めてくる。フォリソンは「白くうねった」で女体説を確信したのだろう。続く「母音」も、女湯を覗く出歯亀論にすぎない。「エロチックでなければ何の意味もない」のはったりに、よくも多くの研究者が……とあきれる。

「黒」そのものの存在

渋沢は「一九三四年にアンリ・エロー氏によって、ランボーが霊感の泉にしたらしい『ABC読本《アーベーセー》』が発見されて、〈母音〉をめぐる笑止な議論は彼の真に独創的な作品の問題から遠ざけられたかに見えた」と述べている。三〇年代にはこの説が話題になったのだろう。だが西条八十は、一九〇四年末『月刊評論』に発表のエルネスト・ゴオベールの「母音のソネット新解釈」を挙げている。『ABC読本』が「母音」のヒントになった説はこちらが先である。

ゴオベールは「田舎で古い図書館をあさっているうちに、一八四〇年から五九年の間に出たすべての本が手に入った。その中に大判のアルバムが一冊あった。それは幼児用の初歩読本である。……母音が最初の六頁をしめており、母音文字を中央に四つの枡目にわけられ、母音を頭にもつ四つの絵で囲まれている」と述べ、母音は「Aは黒色、Eは黄色、Iは赤色、Oは空色、Uは緑色、Yはオレンジ色」で印字されている由。

ランボーは一八五四年生まれ。眼に触れていて当然。「母音」ではEは白色、OとUはOが後になり、Yはない。だがAIOUは同色である。ランボーは「錯乱Ⅱ」で、「ぼくが愛好していたのは、ばかばかしい絵、扉に刻んだ装飾の彫り物、芝居の書割、……妖精物語、子供向きの小型本」などと書いている。幼児用『ＡＢＣ読本』がヒントの可能性は非常に高い。この重要な発見が注目されなかったのは、時期が早過ぎたか。

道ばたの石ころを眺めて難解と思う人はいないだろう。ただ相手が詩作品というだけで難解と思い込むのはどういうわけか。それは詩の素材である言葉が〈意味〉を含んでいるからであり、人は詩作品にも〈意味〉を求めずにはいられないからである。「母音」もその宿命を免れていない。しかし問題はその〈意味〉の性質なのだ。まず言葉には一つの意味しかないものかどうか。お前はこれこれの人間だ、と或る人が言えば、そうかも知れぬが、おれはこれこれの人間でもあると相手は答えるだろう。たとえ本人（或る人）に自覚がなくても、事実はそのように出来ており、一つの解釈しか対応しない人間などどこにもありはしない。

（中略）

ランボーが望んだのは、ちょうど自然というものが、どんな性質をもった人間かなどということに拘らず、一人の人間を厳然とそこに存在させるように、たとえば「黒」という言葉のあれこれの〈意味〉ではなく、いわば「黒」そのものを存在させることだったろう、とぼくは思う。

持って回った文。言わんとすることは絞ったが、それでも難解の周囲をうろついているだけ。意味のない詩と称するものもある。言葉に拠る詩は意味があるから理解される。意味が幾つかあるから概念の辞書がある。概念の選択は文脈にある。概念を組み合わせた文脈が観念や実在の意味・イメージを生み、作品となる。概念が読めても文脈が読めなければ、詩が理解できないか駄作かのいずれか。ランボー詩は駄作ではない。象徴が突飛すぎて付いて行けないのだ。先の「無題四行詩」の「星、無限、海」のように、類推の幅を広げねば見えてこない。それが読めれば、いかに秩序立った詩であるかわかる筈。

渋沢は〈意味〉を問題にしてうろつき、〈意味〉排除の「黒」に辿りつく。黒だけの概念なら石ころ同様となる。自然から見て人間が厳然と存在するなら、石ころも厳然と存在する。黒も色ゆえ厳然と存在する。人間は生物として変化し、石ころは他力なしで変化しない。黒も他の概念なしで変化はしない。イメージ形成はないのだ。ランボーはそんな詩など望むわけがない。強烈な意味とイメージに満ちてることは大方が承知している。

イマージュと音の体系

「母音」にあるのは〈意味〉の体系ではなく〈イマージュ〉と音の体系だとぼくは言った。それがどんな具合に出来ているかは研究に値する。各イマージュが一定の秩序の下に置かれ、全体の構成に或る種の知的枠づけが行われていることは疑い得ない事実であるが、その秩序なり枠づけなりが結果としてもつ意味ではなく、意味が生まれる直前のその在り方を探ってみることは意義のあることだろう。何かの対象を描き、特定の観念を伝えるためでないとすれば、ランボーは一体どんな手順で、何を規準にしてこれらイマージュの組合せを得たのか。

この点についてはチャールズ・チャドウィックが、「詩人ランボー」の論文ですでに解明を試みている。……これは「母音」をめぐるさまざまな解釈のうちで、最も客観的な妥当性を備えたものと、ぼくには思われる。

そしてチャドウィック説を縷々《るる》解説。「黒と白と赤と緑と青という最も鮮やかな色を選んだのは、多分青春特有の客気のせいだろう」や、各母音のイマージュ、音韻の解釈に触れている。音韻は無知ゆえ私は触れない。だが「母音」はイマージュと音の体系で構成されている、と言うわかったふりは一撃しておく。詩は明確に「きみたち（母音）の内なる生誕（意味）を話してあげよう」と始まっている。ソネットゆえ音韻は配慮されている。全体は一現象の反応として描かれ、憎しみ・無念・怒り・安らぎ・願望の意味で貫かれた詩である。

「どんな手順で何を規準に」と意識で組み立てたものではない。幼児読本をヒントに一気に吐き出されたものだ。「見者の手紙」以降のランボー詩は、無意識から現出した「他者」の叡知に駆り立てられて書かれている。その「他者」は『地獄の一季節』で、顕在化し潜在化する存在として明示されている。研究に値するのは「他者」で、イマージュの秩序や構成の知的枠づけではない。その秩序なり枠づけのもつ意味でなく、「意味が生まれる直前のその在り方を探ってみる」とは愚かな提言。形として現前する詩の意味もわからずに、意味発生の直前など探れるわけがない。直前にあるのは無意味の空間だけだ。

言葉とは個の意志・感情である。言葉を探らずに個の心や生の意味を汲み取ることは出来ない。チャドウィックは「〈A〉については単純な解決が眼にとまるが、その単純さそのものによって、ソネットの書き出しには最もありうるもの」などとしている。渋沢も「チャドウィックの解説は、比較的客観的に言えることは、この程度のこと」と吐いている。

一定周期の生命のリズム

「母音」は〈A〉（始め）に始まり〈オメガ〉（終り）で終っているということは、この作品の明らかな枠組の一つである。さらに黒（闇、夜、死、その他）、白（夜明け、明るさ、さわやかさ、その他）、赤（昼、熱、激しさ、その他）、緑（安らぎ、休息、静けさ、その他）、青（宵、終り、天空、その他）の順でイマージュが配列されている点もまた、前の枠組と重なり合う枠組である。（中略）

より包括的に言えば、これは一定の周期をもった生命のリズムそのものではないか。宇宙の創成発展にも、性交時の女性の官能の働きにも共通に現われるのは、このような生命のリズムに他ならないことを考えれば、「母音」から一見互いに遠くかけ離れた右の二つの解釈が生まれたのも不思議ではない。「母音」の枠組がそうである以上、そこから始めと終りを循環する生命的リズムに対応する解釈なら、どんな解釈でも引き出せないことはないかもしれない。しかし忘れてはならない。それらの中の一つだけが正解ではないということ。そのいずれもが詩作品の派生的部分にすぎないということである。

これが渋沢の「イマージュの秩序、知的枠組み」であり、結論である。Aの始まりからΩ《オメガ》の終わりまでの枠組みというが、「オメガ」は0の動詞として使われているもの。OとUの逆転もある。始め終わりの枠組みなどはない。母音の色の類推に及んだのはよいが、作品に分け入るものは何もなく、関連しそうな概念を並べただけ。「その他」の漠然もひどい。概念の羅列はイメージでも生命のリズムでもない。

生命のリズムだから多様な解釈は成り立つが、一つだけ正解などはあり得ない、作品の派生的部分にすぎないからと念を押す。渋沢説自体が派生的誤読にすぎないのに気付かない。ランボー論者には核心に迫れず、作品の裾野をうろつく低迷文が多過ぎる。渋沢訳がないので、平井啓之訳を借りて「母音」を読み解いておく。全行を挙げる。

平井啓之訳「母音」

A《アー》黒、E《ウー》白、I《イー》赤、U《ユー》緑、O《オー》青、母音よ、
いつかきみたちの内に潜む生誕のことを話してあげよう。
A《アー》、ひどい悪臭のまわりに群がり飛ぶ
きらめく蝿たちの毛深い胴着《コルセット》。

翳《かげ》りの入江、E《ウー》、蒸気や天幕の純白、
高ぶる氷河の槍、白い王たち、繖形花《さんけいか》のおののき。
I《イー》、赤、喀《は》かれた血、憤怒《いかり》のなかの
紅唇《こうしん》の笑みまたは悔悛の酔い心地。

U《ユー》、万象回帰、緑の海の神さびた揺らぎ、
動物の散らばる放牧場のやすらぎ、錬金術が、
磧学《せきがく》の秀でた額にきざむ皺《しわ》のやすらぎ。

O《オー》、異様な鋭い叫びにみちた至上の〈ラッパ〉、
三千世界と天使たちがあまねくやどる寂寞、
――Oオメガ、〈あの人の眼〉の紫の光明よ！

まずこの詩が書かれた背景を述べておく。フォリソンが一七歳の少年にエロチシズムのあるのは当然、初期詩篇の殆んどすべてに見られる、と断じているが粗雑。初期詩にエロチックなものは幾らかある。だが三度目の出奔でパリに行き、ドイツ軍のパリ入城を見て徒歩六日かけて帰郷した彼は、その八日後に発生したパリ・コミューン蜂起に欣喜雀躍。埒外の義勇兵よろしく、詩を通して戦いに加わった。「パリの軍歌」がそれ。「見者の手紙」もその衝撃で書かれ、彼の生きる道が決まった。

コミューン壊滅後、「パリのどんちゃん騒ぎ」が六月、「正義の人」、「花について詩人に語られたこと」が七月、「母音」が八月、「山羊の屁男爵の手紙」、「酔いどれ船」が九月に書かれた。ランボーがこの時期エロチシズムに陶然とする隙はなかった。また初期詩篇の半数が詩人を目指した作品である。

見者たらんとした呪文

詩に入る。一連。ランボーは思い出した『ABC読本』の母音の色に、ストーリーが閃めい

たのだと思われる。ただEの黄色は危険の象徴でもあり避けたのだろう。「烏たち」に、「お前たち、黄色い流れに沿って」の詩句がある。「危険な流れ」の意である。「A黒」はすでにドラマティック。それに対比する「E白」を選択したと思われる。「きみたちの内に潜む生誕のこと」とは、幼児読本に書かれた母音と色との関係のドラマを教えて上げようとなる筈。教えるは幼児読本の意図と同じ。

「A黒」の刺激的組み合わせにまず飛び付いたのは、ティエール政府やブルジョアの復活に、煮えたぎる怒りがあったからだ。彼らが悪臭の巣窟。その周りに群がり飛ぶ「きらめく蠅たち」は、金蠅ではなく上流社会に媚びる女性たちの暗喩。彼女らの欲深く腹黒い誘惑の下着で彼らの富をせびるのだ。

二連。「翳りの入江」は、太陽（政治）の恩恵の当たらぬ下層階級や危険視された知識層の暗喩。フォリソンらの思い描く女性の乳房などではない。「E白」は潔白な者たちである。「蒸気や天幕」は混濁のない生活の白。「高ぶる氷河の槍」は鋭い理性の蜂起の白。「白い王たち」は一途な革命の闘士たちとなるだろう。「繖形花《さんけいか》」は植物用語で、茎の先端から等長の柄をもち傘状に開く花の種類。その「おののき」とは、パリ市民の戦禍へのおののきと思われる。それにしてもランボーの特異な植物用語の象徴的使用には驚く。

「I赤」は「喀《は》かれた血」と直截。「憤怒《いかり》の中の」とくれば、パリ・コミューンの怒りであり、流した血である。「紅脣の笑み」は蜂起成功の喜び、「悔悛の酔い心地」は反逆で命を落とす陶酔感ともなろうか。まっとうに燃やした血の赤である。

三連。「U緑」は自然の象徴である。「万象回帰」自然は循環する。真はその中にこそある。神々しいほどそよぐ緑の波となり、放牧場の暖かな安らぎとして現出する。「錬金術」は、卑金属を金にしてみせようとする欲望化学。大学者が下らぬことに頭を使って刻んだ、行き詰まりの皺の安らぎだろう。自然の真と、人間の欺瞞が対比されているのだと思われる。

四連。「O青」は宇宙である。Oの形を途方もない「ラッパ」の開口部と見立て、そこには「異様な鋭い叫び」が充満し抑止されているとの把握。そこに詰まっている「三千世界」は須《しゅ》弥山《みせん》を中心に展開する仏教の宇宙。「天使たち」の象徴は、キリスト教やイスラム教などいろいろな神たち。人間の厖大な観念を抱えて宇宙は沈黙している。「異様な鋭い叫び」は宇宙のものだろう。「Oオメガ」は宇宙の果ての意。Ω《オメガ》はギリシア文字の最後ゆえ、「果て」の動詞となっている。

〈あの人の眼〉は擬人法の宇宙の眼。「神」の呼称を避けている。宇宙の果てから見透かすものの、高貴（紫）な前途を照らす明るい光よ！「光明」とは、逆境にあるときに見出す前途の希望の意として使われる言葉である。以上が「母音」にこめたランボーの思い。現実批判の思想であり、コミューンの追慕であり、未来への願望であり、見者たらんとした彼の呪文であった。ここまで解読したものは一つもない筈。

16　湯浅博雄のランボー

私の能力を超えた何か

湯浅博雄『ランボー論』思潮社、一九九九年刊がある。「新しいランボー像を提出したいと考えた」と「あとがき」にあるが、誰もがそう思いながら誤読まみれだったのはこの「諸説」で見てきた。平井啓之・湯浅博雄・中地義和訳『ランボー全詩集』青土社、一九九四年刊では、『地獄の一季節』を担当。この稿も『地獄』に絞って進める。

「たしかに『地獄の一季節』は『イリュミナシオン』に較べると、書き手が自分の実際に生きた体験、出会った出来事、そこで思考したこと、感受したことを物語っている。だから『イリュミナシオン』より〈自伝的〉と言ってよい。けれども〈自伝〉ではない。〈精神的自伝〉というものでもなく、やはり〈物語〉なのではないだろうか」と、尻込みながら捏ね回している。『地獄』は自伝・物語などではない。ランボーに巣くった「内なる他者」と「素顔」の一身二人格の格闘であり、「素顔」の反発と弱音と、「他者」の優越意識と支配の吐露された修羅図である。

なぜランボーは「それはぼくのせいだ、というわけでは全くありません」と言うのだろうか。これはすぐ後の「私は考える、というのは誤った言い方です。私とは一つの他者なのです。木片が自分をヴァイオリンであると見出すことになっても、仕方ありません」と密接に結ばれている。ドメニー宛では「なぜなら私とは一つの他者なのです。もし銅片が目覚めると喇叭になっているにしても、それは銅片のせいではありません。」つまりランボーが言いたいのは、主体であるぼく=認識力・論理力の及ぶことではない、私の能力を超えた何かよりその方向へ動かされているのだ、ということである。

文は意を枉げずに圧縮ぎみにした。「見者の手紙」の論及である。「超能力」により動かされている、と解釈したのは湯浅と西条八十だけ。肝腎かなめの箇所に触れているのに、「私は一つの他者」が読めていない。木片や銅片は素材としてのランボー。素材が気付くと、ヴァイオリンや喇叭の完成品になっていた。そして楽弓を一弾きすると奥深くで交響曲が鳴り出す、という文が続く。完成品は彼に巣くった「内なる他者」である。だから「私は考えるは誤まった言い方」となり、私の及ばぬ叡知で「他者」が「見者の手紙」を吐露していることを証している文である。

それなのに、ニーチェ、フロイト、ラカン、ソシュールなどの説を引用しながら、私は他者、私は考えるは誤まり、私の自己同一性《アイデンティティ》、主観と客観などを述べ、最後に「ランボーは〈あらゆる感覚を壊乱させることを通して未知なるものに至る〉という主張と、〈私は考える、という誤った言い方〉を転倒するという命題、〈自我についての偽りの意味〉を壊す作者の観念を批判するという命題とを結んでいる」と結んでいる。

ずいぶん難しく捏ね回したものだ。「ランボーやニーチェが萌芽的に直感したところを、のちにフロイトが（そしてラカンが）解明した……私はつねに自己同一的であるとの確信」とあるが、「自己同一性《アイデンティティ》」はアメリカの心理学者エリクソンが一九六八年に唱えた説。ニーチェやフロイトに遡れる筈がない。無意識にフロイトが気付いたのは一八八八年。ユングが集合的無意識を標榜したのが一九一四年ごろ。ランボーが「他者」を自覚したのは一八七一年である。まだ「無意識」の言葉も認識もなかった時代ゆえ、ランボーも説明できないとした。

ランボーの「内なる他者」を解明できるのは、ユングの『創造する無意識』にある一九二二年の講演文である。芸術作品には二種類あり、一つは意識による主体的創造であり、一つは無意識という客体による主体の従属創造である。これは「7　埴谷雄高のランボー」で詳述したので、先へ進む。

失われ不可能となった何か

「司祭や教授がた、先生たち、ぼくを裁判にかけるなんてあなたたちは間違ってますよ。

ぼくはいまだかつてこの国民に属していたことなどない。一度だってキリスト教徒だったためしはない。ぼくは処刑の苦しみの最中に歌をうたっていた種族の出なんだ。法律なんかわからない。道徳感も持ちあわせない。ぼくは野獣なんだ、あんたがたは間違ってますよ……」／そうとも、ぼくの眼はあなたたちの光には閉じられている。僕は獣だ、黒人だ。だけれど、ぼくは救われることができる。

ここで「黒人」というのは、現実的な意味で黒人を問題にしているのではない。十八世紀の思想家が考えたように「善良な野蛮人」が実際に存在しているると主張しているのではない。そうではなく、西欧近代社会の〈法〉とキリスト教的〈道徳〉に律せられた生活、人生、実存のなかで、失われ、不可能となっている何かを潜在的に秘めている人間のことである。さらには「白人」的理性、論理性、倫理性においては、どれほど生が衰弱しているかに気づき、「生を変える」ことを通じて、失われている何かを取り戻そうとする人間を、「獣」とか「黒人」という語で呼んでいるのである。

前段は『地獄の一季節』の「悪い血」の一部。酒宴も女も禁じられ、一人の友もなく、憤激した群衆の前で銃殺執行隊に狙われている自分が見えた、まるでジャンヌ・ダルクだ！　の詩意に続く文である。妻子あるヴェルレーヌを犯罪者にし入獄せしめた非難がランボーに集中、世間から抹殺されようとしている想像の場面である。この詩は「祖先のガリア人からぼくは野蛮な血を受け継いだ」との書き出し。「ガリア人」とは、紀元前からベルギー、フランス、イタリア一帯に住んだ先住民である。ランボーに集合的無意識から現出した「内なる他者」が、太古からの系譜であることを明かす言葉であった。

世間の非難の前で、あえて野蛮な血統の「悪い血」だと強調している。裏の意は、それほどの世間知らずだ、の含みである。「国民だったこともなくキリスト教徒だった試しもない」とは、この世の法や道徳とは無関係な「他者」だからである。「素顔のランボー」は軍人の子であり、母の強制で教会通いの少年期があった。支配者に都合のいい法の欺瞞、人間性を歪めたキリスト教への挑戦は、「他者」がランボーに持ち込んだもの。それがランボーの思想の開花であった。湯浅の「失われ不可能となっている何か」などの漠たるものではない。既成の美・道徳・価値の転倒を目指したものである。「獣、黒人」の蔑称は、異端者であることの含み。「でもぼくは救われる」とは、偽善者でないことの自負によるものだ。

神を信じる誘惑の「毒」

かのすばらしい毒を一口、ぼくは飲み干した。──ぼくの耳元まで届いた忠告には、有難さもまた格別だ。──臓腑が焼けるようだ。毒の激しさはぼくの手脚を捩り、形姿を歪め、ぼくを打ち倒す。死ぬほど喉《のど》が渇く、息がつまる、叫ぶこともできない。地獄だ。永遠の刑罰だ！　ほら、火焰《ほのお》はなんとも高く巻き上がることか！　ぼくは申し分なく焼かれる。さあ、悪魔《デモン》め！

この背景には何があるのか。おそらく語り手はある深刻な危機の瞬間に、神に帰依するよう促す誘いかけを経験したに違いない。深刻な危機とは、一つには文学的探究のうえで、自分の書く言葉がもう自らの生きる経験の真実に釣り合うことができないのではないか、という疑いを振り払えないことによる危機である。もっと直接的には、七三年七月にブリュッセルで起きた事件に関わり、ヴェルレーヌとの友愛、共同生活が破局したことによるものだろう。

前段は「地獄の夜」の冒頭。まさに地獄の展開である。湯浅は「すばらしい毒」には触れず、「神に帰依を促す誘いかけ」の読みは、他研究者同様にキリスト教の関わりと見ている。「地獄の夜」は「素顔」と「他者」の激しい格闘であり、「すばらしい毒」を飲んだとは、「素顔」が強引な「他者」を受け入れたことだ。〈大丈夫か？〉と訝る内部の忠告も耳元にあったが、「他者」の目指すままに進んできた。その結果、ヴェルレーヌ夫妻の和解を妨害し、ピストル事件となり、ヴェルレーヌとの訣別となった。掲出詩句は、この地獄の苦しみはみなお前のせいだ、悪魔め。と「他者」を罵倒する「素顔」のセリフ。ヴェルレーヌの支援なければ、見者詩人を目指す道はない。「他者」がヴェルレーヌを欺いてきた結末は、「永遠の刑罰」となって襲ってきた。深刻な危機とは見者行を絶たれたことであり、「文学的探究上の疑念」などの間抜けたものではない。

黙れ、黙るがいい！ ……ここにあるのは、恥辱、咎め立てだ、魔王《サタン》の言い草だ。この火焔《ほのお》は汚らわしいぞ、お前の怒りなどひどく間が抜けたもんだ、という。(略)――そして、ぼくが真実を手にしている、正義を見ている、などとは、どんなことにも健全で、揺るぎない判断をもっている、完成するための用意が充分に整っている、などとは……。傲慢だ。

お前は「あらゆる心が開かれ、酒という酒が流れていた祝宴」としての生を希求したが、過度の傲りのせいで、それをあり得ないものにしたのではないか。そういう「祝宴の鍵」かもしれない〈他者への愛〉を創り直すことができず、結局のところ他者を自分の愛のうちに包摂しよう、共約可能な他者にしてしまおう、一体をなそうとして、暴力をふるったのではないか。語り手はそう問いかける声に、どうしてもそれを払いのけられない仕方で付きまとわれている。

その声はさらに耳元で囁きかける。神を信じることで救われる。(中略)だがこんな誘惑の「毒」を「飲み干し」そうになると、また再びそれは虚偽だ、罠だと反抗するエネルギーが激しく燃えさかる。

もっと微細に見れば、語り手は自分が実際に回心の誘惑に屈しそうになって、それに苛立つというのではない。そうではなく、もういくども糾弾したはずの宗教的な幻想が、そして「白人」的な思考法、価値判断の様式が、それにもかかわらず何度も甦り、自分を魅惑するのをやめないことに、怒りを覚えずにはいられないのである。

前段はこれも「地獄の夜」で山場。湯浅は語り手と耳元に囁くものとの葛藤と見、回心の誘惑をからめているが、なんとも愚か。「黙れ、黙るがいい!」は、「他者」が「素顔」に怒鳴り返しているセリフだ。だから、炎で焼かれるなど大げさで汚らわしい、怒りなど間が抜けている、と跳ね返している。おれは悪魔《デモン》どころか魔王《サタン》だ。眼前にあるのは地獄ではなく、お前の恥であり過ちである。お前の弱さをどう克服するかが問題なのだ、と斬り込んでいるもの。回心の誘惑などどこにもない。

後段の「あらゆる心が開かれ……」の引用は、『地獄』の「序詩」にある「他者」の詩句。「ぼくの生は祝宴であり、あらゆる心が開かれ、酒という酒が流れていた」である。裏の意は、多くの人の心が私に開かれ私はもっと優遇されてよい筈だ、である。湯浅の「生を希求、他者への愛、共約可能な他者」は、なんのことやら話にならない。

「黙れ！」と威喝されて黙らぬ「素顔」のセリフが反発する。「ぼくが真実を手にしている」ほか、「正義、健全、揺るがぬ判断、見者詩完成の手立て」など、完璧な存在ぶるお前の言い草は「傲慢だ」と叩き返す。「他者」に従属して詩人になれた「素顔」が、ここでは真っ当に対決している。

湯浅の読みでは、耳元で囁くのは魔王であり、執拗に回心を誘惑してやまないので、語り手が怒り、それは虚偽だ罠だと抵抗する炎が身を焼くのだという。魔王の誘惑が「毒」で、それを「飲み干しそうになると」などと逡巡しているが、前出どおり詩句は「毒を一口飲み干した」と明快である。

この詩は、「素顔」と「他者」が交互に現われての激論である。「一切の神秘を暴いてやろう、ぼくは魔術幻灯の大家だ、だから私を信じなさい」という、優位に立つ「他者」のセリフもある。湯浅のいう「超能力」の正体も露わになっているのに、摑まえられなかった。神秘を暴くものに、キリスト教の誘惑などあろう筈がない。

虚構的・神話的である「青春」

一度はこのぼくにもあったのではなかったか、愛すべき、英雄的な、驚異的なまでの、黄金の紙葉に書きとめるべき青春が、――運が良すぎたほどだ！　いったいどんな罪、どんな過ちのせいで、ぼくは今のこの弱さにふさわしい者となってしまったのだろう？　動物は悲しみの嗚咽《おえつ》を発し、病人は絶望し、死者は悪夢にうなされると主張するあなた方よ、どうかぼくの失墜とぼくの眠りを語ってみてくれ。このぼく自身はパーテルとかアヴェ・マリアをのべつまくなしに呟いている乞食ほどにも、自分の考えを表すことができない。ぼくにはもう話すすべがないんだ。

語り手は「今のこの弱さ」、「ぼくの失墜」と対比し、それをより際立たせるために、英雄的な驚異的なまでの「青春」を喚起してみる。人間の心には感傷の法則とでも呼ぶべき傾向があって、いわゆる過去を思い浮かべると、どれほど自己嫌悪にみちた過去も名状しがたい気持ちに包まれ、「愛すべき」ものに見えてくるのを語り手は知っている。しかしそんな「青春」が実際に「一度はあった」と考えているのではない。「一度は」と強調されているのはそのためだ。そして「黄金の紙葉に書きとめるべき」という言い回しは、そういう「青春」が虚構的で神話的であることをはっきりと示唆している。

前段は『地獄』の「朝」である。引用の後に、「今日ではぼくの地獄を物語ることも済んだと思う。それは確かに地獄だった」の文が続くから、「朝」は地獄の夜が明けた朝である。そして葛藤した「他者」がいない。「素顔」の弱気に満ちた詩である。一度はあったのではなかったか、「黄金の紙葉に書きとめるべき青春が」とは、詩の歴史に名を留めるほどの好機が一度はあったのではなかったか、の意。ピストル事件でヴェルレーヌとの訣別が生じなければ、見者の詩を確立して燦然と輝く青春が築けた筈だ、の思いである。

湯浅は「黄金の紙葉」の暗喩が読めず、虚構的・神話的なはったりであり、「一度はあった」は実際にではなく例え話だ、と捌いたつもりになっている。実際の可能性だから「運が良すぎたほどだ！」の言も吐き出されているのにである。加えて、自分の弱さを際立たせる強がりを、「感傷の方法」などとわかったふりの定義づけなどしている。たわけた話。

「地獄の夜」に展開された葛藤では、「私はいかなる才能も身につけている！　それゆ私を信じなさい」と言い含める「他者」の自信に満ちた言葉と、「わが身の弱さ、この世の残酷さ。神さま、お慈悲だ！　ぼくを隠して下さい、うまく立っていられないんです」という「素顔」の弱気が、ランボーという一身に共存していたのである。地獄の明けた「朝」では、「他者」は潜在化しており、これからどうすべきもわからぬ「素顔」の思いが展開されている。

両義的に揺れ動く意味

ぼくはあらゆる祝祭を、あらゆる勝利を、あらゆる劇を創造した。新しい花々、新しい星々、新しい言葉を創造しようと試みた。超自然的な力を獲得したとも信じた。が、なんたることか！　そのぼくが自分の想像力と数々の思い出を葬らねばならない。芸術家の、また物語作者のすばらしい栄光は運び去られるのだ。

このぼく！　一切の道徳を免れた、博士《マージュ》とも天使《アンジュ》とも自称したぼくが、一つの義務を探し求め、あのざらざらした現実を抱きしめようと土に戻される！　農民だ！

ぼくは欺かれているのだろうか？　愛《シャリテ》は死の姉妹なのだろうか？　とにかく、ぼくは、嘘を糧としていたことの許しを乞おう。そして行くのだ。だが、友の手の一つもありはしない！　それで、どこに助けを求めよう？

これは『地獄』最後の「別れ」の前段の後半部分である。湯浅の解説は散漫ゆえ省いた。断片的に挙げていく。「別れ」の前段は「素顔」の現状の思いが披歴され、後段は「他者」の明日への意志が提示された詩である。湯浅は「このテクストは一体何に別れを告げようとしているのだろうか。この上なく難しい。きわめて独特な文体で書かれており、意味するところは常に両義的なまま、両方の間を揺れ動いているからだ」と、まず困惑している。どう揺れ動いているかの説明はなく、掲出の詩となり、「語り手が自ら行ってきた書くことの実践に、根深い疑問を表明しているのは確かだろう」と、雑駁な感想。

「あらゆる祝祭、勝利、劇、新しい花々、星々、言葉」を創造し試みたのは、万能を自負する「他者」である。「超自然的な力」をわがものにしたと思い込んでいるのは、「素顔」である。ヴェルレーヌとの訣別で、見者行は御破算となり、創造力や思い出、芸術家の栄光も消滅すると嘆く。「一切の道徳を免れ、博士《マージュ》・天使《アンジュ》とも自称」したのは「他者」で、「ざらざらした現実の農民」に戻されるは「素顔」のわめきである。詩意に「両義性」などないが、湯浅が「揺れ動いている」と感じたのは、一身二人格の「素顔・他者」の思いの混在によるものだ。「ぼくは欺されている?」誰に?「他者に」である。「友愛《シャリテ》」でヴェルレーヌとの絆を保つとの主張も、「他者」の傲慢な強気で失敗した。ヴェルレーヌを嘘で引きずってきたことは詫びねばならない。そして見者の道を行くしかない。だが、助けてくれる友など誰もいない。どうしたらいいのだ? で「素顔」の弱気の前段が終わる。

後段は強気の「他者」のセリフである。湯浅は触れていない。揺れなど何もないゆえ、嘴もはさめなかったのだろう。進もうする道は厳しいものだ、に始まり、ヴェルレーヌ夫妻に勝ったのはおれのほうだ。詩人の足場を守るのは辛い。周囲にあるのは怖るべき灌木(法や道徳)ばかり。精神の闘いも戦闘同様に荒々しい。どちらが正義かは神のみの知る快楽だ。それでも今はその前夜だ。燃える忍耐で武装して、おれたちは光輝く街に入るだろう。という「他者」の闘志を掻き立てる内容。「おれたち」は「他者・素顔」で、栄光きらめく詩の街に入って行くだろう、との断言である。見者行の嘘を詫びる気もない。

湯浅は前出のように、「別れ」が何に対するものか理解できなかった。詩末尾に「ぼくはむかしの偽りの恋愛を笑うことができるし、あの欺瞞的なカップルたちに恥辱の刻印を押すこともできる」とあり、ヴェルレーヌ夫妻を痛罵し、改めて彼らに「さらばだ」と告げている詩である。Adieu《アディウ》は「別れ」よりも「さらばだ」のほうがこの詩には妥当だ。「素顔」はヴェルレーヌに許しを乞い、「他者」はばっさり斬り捨てである。

17　橋本一明のランボー

社会主義思想を導き出す危険

「十九世紀に入り近代社会は、内部に一つの矛盾を感じ始める。賃労働に伴うプロレタリアートの出現である。一八四八年、初めて歴史の表舞台に登場して以来、パリ・コミューンを経て二十世紀につながり、歴史の根本的要素として〈一つのお化け〉のように、ヨーロッパに付きまとっている。」と橋本一明は卒業論文に書いた。文は圧縮した。それをまとめた『アルチュール・ランボー』小沢書店、一九七八年刊がある。先輩平井啓之の手に成るもの。

橋本は鈴木信太郎監修の第二次『ランボー全集』の助手を務めたが、鈴木も橋本も半ばで急逝。佐藤朔監修、平井啓之企画となって、第二次『ランボー全集』小沢書店、一九七八年刊となった。橋本は五九年一月末に他界。その少し前の五八年一〇月に書いた「ランボーと社会主義」が、『文芸読本／ランボー』河出書房新社、一九七七年発行に載っている。卒論より新しい見解で、九〇〇〇字余のもの。これを追ってみる。

左翼出版社刊行の『コミューンの詩人たち』という粗末なアントロジー（詩選集）があり、ランボーについて、「はなはだ独立独歩の精神の持主で、天才的詩人だったが彼の革命思想は、フランス社会主義者たちの本で強化され、一八七一年二月十五日（二十五日が正）から三月十日まで、彼はパリに遁走した。帰省後『共産主義綱領計画』を起草した。……一八七五年（七一年が正）九月に書かれた『山羊之屁男爵の手紙』は、一九四九年にジュール・ムーケによって刊行された。勝ち誇るヴェルサイユ軍を罵倒したもの。その激しさは、以下の二篇の詩にも比ぶべきものである。」との説を紹介。「パリの狂宴／ジャンヌ・マリの手」がそれだとした。批評家の解釈は間違いだらけ、橋本も気づいていないが、先へ進む。

彼ら（批評家）は一様に、初期詩篇や少年時代の逸話を論拠とし、自分たちの主張の裏づけになるものは（アカデミズムを非難し軽蔑すると自負する人々にもかかわらず）重箱の隅を突つくようにしてまで拾い上げるが、『地獄の一季節』や『イリュミナシオン』にはあまり触れたがろうとしないのである。彼らの致命的欠点だ。（中略）

革命思想の持主だったと言われながら、ぼくらの常識にある「革命」とか「社会主義」とかいう思想を、ランボー自身が伝えているものは殆どない——と言って悪ければ、殆ど現実には残されていない。だから単純にランボーから社会主義をひき出すことは殆ど不可能である。だが、たしかに「パリの軍歌」「パリの狂宴」「ジャンヌ・マリの手」などに、ブルジョワ政府に対する激しい怒りを読みとることは、少しも無理ではない。しかし、詩から詩人の社会主義思想を導き出すことは大変危険である。ランボー自身、こう言っている。

それで義務をふれ廻る者となれ、
おおわが不吉な黒い鳥よ！

二連。烏の群れを「きびしい叫びの奇妙な軍隊」と見立て、お前たちの生活の場は絶えず寒風（権力の弾圧）に襲われている。お前たちはそれでも黄色い（危険な）川沿いの磔刑像（犠牲者たち）の並ぶ道や、掘割・穴ぐら（眼に付きにくい所）で、集まったり散ったりを繰り返してきた、の意である。感嘆詞は意味の強調。

三連。「一昨日の英霊」は、橋本が卒論に記した一八四八年の二月革命の死者たち。これがヨーロッパ革命の口火となった。「一昨日」を普仏戦争の、「昨日」をコミューンの死者たちとする説があるが、間違い。詩は七一年初めごろに書かれたもの、コミューン以前である。二月革命の英霊の眠るフランスの上空を、幾千もの群れが旋回して飛んでくれ（活動してくれ）、今はまだ弾圧厳しい冬、でもこの世の人々の考えを新しくするために、変革への夢をふれ回る者となれ、世間では不吉と見なされている黒い鳥たち（社会主義者たち）よ、の意である。明らかに「革命、社会主義」が意志されたものである。

革命や社会主義への言及は、「母音」や「酔いどれ船」にもある。誰も読み解いた人はいなかっただけのこと。ドメニー宛の「拷問にかけられた心臓」は、ランボー自身「これは何も意味していない」と言っているから意味はない。ヴァレリーも「詩には意味がない」の註を誉めていると補強している。詩も言葉である以上意味はある。「ペニスおっ立て　兵隊流の／やつらの嘲《あざけ》りに心は堕ちこんだ」平井啓之訳の二連。性欲不満の兵隊たちの下卑たひやかしに心は滅入ってしまった、の意味。ランボーもヴァレリーも「これは映像で、現実的な意味はない」と言っているもの。兵隊らの性的いたずら自体、事実ではないとランボーは否定している。

橋本は「言葉の意味はない」をまともに取って石ころ説に転ずる。「あらゆる石ころが革命的であり反革命的でもありうる」という。あきれた理論。意味の入り込む余地など皆無の石ころが、革命的、反革命的な形象に変化することなど有り得ない。加えてランボー詩から「倫理的思想をひき出すことはやめておこう」という。ランボーは既成の美・道徳・価値に敢然と挑戦した反倫理思想である。それを読めずに、ランボー詩を理解するなど有り得ない。

美的世界を覆う偽りの瞳

どうしても必要な破壊はいろいろあるんだ。……切らなくてはならないいろんな古い木がある。……この「社会」そのものに、人はやがて斧やつるはしや水準器を当てるようになるんだ。谷は埋められ、丘は削られ、曲がりくねった道はまっすぐに、でこぼこ道は平らにされるんだ。財産は削りとられ、個人の傲慢さはぶっ倒される。一人の男が「おれの方が強い。おれの方が金持ちだ」なんてことは、言えなくなるんだ。にがにがしい羨望や間抜けた讃美のかわりに、おだやかな協和と、平和と、万人による万人の労働とがやってくる……。

これは一八七〇年にランボーがドラエイに語った言葉である。ランボー伝記に引かれている有名なものだが、多くの伝記作家は、すぐ後に続く言葉にあまり注意を払っていない。

なあ、君はどこへ行って豪華な芸術品、この野の花よりも構成豊かな品物を買うっていうんだい？　ぼくらの社会制度がいっさい消えてなくなれば、自然がいつも無限にいろんな種類の宝石を何百万も提供してくれるよ。君はげすな金銭欲やあほな虚栄の中に、一体どんな偉大さやどんな美しさが見えるんだ？　こういう近代的活動の原動力がなくなるのを見たら、君はひどく悩むだろうかな？

ぼくが注目したいのは、この段落《パラグラフ》を構成する対句風の二つのモチーフの前者の方だ。言い直せば「現行社会制度が消滅すれば、自然が無限の美を提供する」となる。(中略)

ぼくはこの〈革命的〉文章の内容の比重が、段落の前半と後半（君はげすな……）のどちらに重くかかっているか、その点に注目したい。ドラエイの言葉を整理すると、ランボーの述べていることは、〈破壊〉の必要とその結果の予想である。手段は語られず、目的はきわめて模糊としている。これは空想的社会主義と片づけることはやさしいが、それはやはりぼくを満足させない。

ぼくはこんな疑問をもつ。〈社会制度が一切がっさいなくなる〉未来を予想するアナーキストは、その結果、美的世界ではブルジョワ的意識によって覆われていた偽りの瞳が晴れて、本然的な美に開眼する、と言っているのだろうか？　逆に美的認識のために、破壊を提唱しているのだろうか？　どちらに視点を定めるかは、ランボーを決定する重大事である。彼は〈革命的社会主義者〉なのか、〈無政府主義的審美主義者〉なのか？

冗漫ゆえ文意を枉げずに圧縮した。ドラエーに語った一六歳のランボーの言質《げんち》から、美や思想のレッテル貼りをする魂胆が頂けない。美にも思想にも開眼した「見者の手紙」で解明すべきことだ。太刀打ちかなわぬから避けたのだろう。「鳥たち」で見たように、ランボーは社会主義に強い関心と期待を抱いていた。自由実現のためにもそれを望んでいた。〈革命的社会主義者〉ではないが、待望者ではあった。フランスには、個人の平等と完全な自由を唱えたプルードン主義と、権力の奪取と人民の武装蜂起を唱えたブランキ主義があった。多くはプルードン主義だが、パリ・コミューンにはブランキ主義の影響もあった。

ランボーはパリ・コミューン蜂起で欣喜雀躍し、「見者の手紙」を書き上げて精神のテロリストたる詩人を目指した。既成の美・道徳・価値の破壊が「見者の思想」である。ランボーがドラエーに言ったという「どうしても必要な破壊」は、そのことに尽きる。「空想的社会主義」

などの甘いものではない。カルジャ刃傷事件以降は人間不信が強まってアナーキーとなり、ロンドンの見者行ではコミューンの亡命者たちに破廉恥な同性愛の噂話で拒絶され、以後社会主義思想も立ち消えになって行った。彼の生きざまは単純に割り切れるものではない。

ランボーは遁走する革命家

あの悲痛なしらべの「盗まれた心臓」を書いたあと五年間、ランボーは革命思想を忘れてしまっているようだ。……一八七六年のこと、ドラエイが一つの話を残している。ロッシュの農村で久しぶりのめぐり会い。これが二人の最後の会話になった。耕地の変化にとんだ眺めを讃美したドラエイに、ランボーが答えたものだ。

変化なんぞはもっと少ない方がいいぜ。もっと力強さのある方がずっといい。地主というやつが多すぎるんだ。不可能とは言わないが、機械使用が限定されてるよ。地域が狭くて、小農地に分散してるからな。土地改良したり、輪作したりして開拓しようたって、ばらばらに孤立した耕作者の手には合わないんだ。単独耕作者の手段では、物事を大きくすることはできない。そういう連中は、ちっぽけな収穫のために、それだけ一層汗水たらすんだ。「一七八九年のみごとな戦利品」、あの所有地分割というやつは、一つの悪さ。……

いまヨーロッパの風土は、おれの体質には冷たすぎる。……おれの体質は変わったからな。……おれはもう、暖い国でなけりゃ住めないよ。

プレイヤド叢書『ランボー全集』の編纂者ロラン・ド・ルネヴィルとジュール・ムーケは、この言葉を〈革命家〉ランボーの言と分類している。ランボーの頭にあったのは、集団農場の夢だったのだろうか？　たしかに、この言葉はかなりに科学的でさえある。

だが彼は、現実がその夢のようでないから、暖かい国へ遁走したいとも言っているようである。〈流謫《りゅうたく》の天使〉が、故郷を求めているのか？　それとも彼は遁走する革命家なのか？　そうなのだ。もし、どうしても〈革命的社会主義〉の公式的な規準で一人の人間を截量せねばならぬとしたら、ランボーはまさに遁走する革命家であった。治安維持法以後のわが国の誰彼のように、めめしくこそないだろうが、いやその反対にすばらしい情熱をもって、彼もまた生涯遁走を続けるだろう。

「盗まれた心臓」は、一八七一年九月ヴェルレーヌに送られた詩。「あの悲痛なしらべ」の把握は頓馬な話。「ペニスおっ立て兵隊流の」の強烈な諷刺であることはすでに述べた。「五年間、革命思想を忘れて」は、ランボーを語る資格のないもの言い。七一年から七四年までに『イリュミナシオン』を書き溜め、七三年夏『地獄の一季節』が一気に書かれている。ともに

「見者の思想」を踏まえたもので、革命思想忘却など有り得ない。
ドラエーに最後に会ったのは、七六年ではなく七九年夏、「盗まれた心臓」から八年後である。七五年四月末にアルプス越えで詩を捨て転々としたが、七八年にキプロス島の採石場の監督となり、七九年に発病して帰郷していたときのこと。そのとき「文学は？」と問われて、「もうそんなことは考えちゃいない」と答えている。小農地の集約や機械使用は、「革命家の言」ではない。ロンドン滞在時に、近代化の進展を見詰めてきたことによるもの。低レベルで自分を拘束する農業に、彼は夢など抱かず、逃げてもいた。

ヨーロッパの風土が体質に合わないのは、寒い冬嫌いもあるが、人付き合いが大きく合わなかった。パリ詩壇との訣別、ヴェルレーヌとの訣別、助けてくれる友はおらず、世間の眼は冷たかった。詩人にしてくれた「内なる他者」も消滅していた。現実が夢と異なるから「暖かい国への遁走」などとは勝手な推測。「流謫の天使」は、罪により遠方に追放される神の使いのこと。それが「故郷を求めているのか？」とは、けったいな文。「遁走する革命家」とはまた〈恐れ入谷《いりや》の鬼子母神《きしぼじん》〉である。ランボーの南方下りを「遁走」と断定し、自分の言葉に酔っているレッテル貼りにすぎない。

ランボーは食って生きるために、紅海の主な街に仕事を求めながら南下した。それは「遁走」ではなく「放浪」である。また思想集団に帰属していない彼を、「公式的な基準で裁量せねば」もおかしな話。南下する彼には、革命も社会主義も消滅していた。「治安維持法の誰彼」

とは、一九二八年（昭和三年）の『治安維持法改正法』のことで、日本の逃げまどった共産主義者・社会主義者を指している。転向せねば生かしておかぬという法。戦後に自由を得た者が、「女々しく」など口軽く否定できるものではない。拷問・虐殺された小林多喜二がおり、痛罵し続け獄舎で病死した川柳の鶴彬《あきら》がいた。

タマ除けを産めよ増やせよ勲章をやろう
屍《しかばね》のいないニュース映画で勇ましい

一九三七年に日支事変が始まった後の鶴彬の川柳である。軍国主義を加速した『治安維持法』を凝視せず、逃げまどった主義者を嘲笑する、プロレタリアート嫌いの戦後エリートの迎合的汚なさ。ランボーを語る資格もないうぬぼれエリート。

自己破壊の捨身と遁走の情熱

「偉大なレアリスト・ランボーは、沈黙したゆえに偉大なのではない。共和国第一級の人物、フランス政府の外交大使（ポール・クローデル）は沈黙した巨人の上でうわ言（キリスト教徒説）を言っているが、われわれは人に語りかけたランボーをこそ偉大だと思うのだ。

コミューンを歌い、ブルジョワ女ならぬ乞食女ジャンヌ・マリを歌ったランボーをこそ、偉大であると思うのだ。」……アラゴンのように、詩人は詩によって偉大であるとの正論だけを、押し通すべきなのだろうか?

いや、ぼくはどちらの説も選びたくない。アラゴンの正論は、砂漠のランボーを故意に無視しているようなにおいをもつ。さりとて、ランボーを変節漢と呼ぶことはあまりにも寂しい。……デカルト的精神の強者ヴァレリーが、ランボーの最大傑作『イリュミナシオン』について語った言葉は、ぼくにはその意味でも感慨をさそうのだ。「言語の機能を意力的に刺激して、このように極端な頂上にまでのぼりつめては、彼は彼自身が事実やってのけたこと、つまり遁走するよりほかに、するすべがなかったでありましょう。」〈見者〉ランボーは、生涯、自己破壊の捨身と遁走の情熱にかられていたのであろう。

橋本は、クローデル説もアラゴン説もとらず、ヴァレリー説こそ得心がいくとし、見者を目指したランボーは命の果てまで、捨身の自己破壊と遁走の情熱に駆り立てられていたという。ランボーの足跡の検証もない、空疎な観念の人相見である。「遁走」はヴァレリーから拾ったのもわかった。クローデル説は論外。アラゴン説の、人に語りかけるようにコミューンやジャンヌ・マリを歌ったから偉大は、目線が低い。ランボーを詩人に駆り立てた「内なる他者」がいて、彼は頭抜けた存在になったのである。アラゴンは肝腎の二詩集への言及がない。踏み込めないのだ。

ヴァレリー説は、言語機能を十全に駆使して詩の頂点にのぼりつめた彼は、後はそこから遁走するしかなかったのだ、ということ。これはランボーが『イリュミナシオン』を書いた後、沈黙して南方に下ったという経緯から、「遁走」と見立てたものである。なぜ沈黙したかには触れていない。食うために生き始めた彼から、「内なる他者」が消滅したことなどヴァレリーが知る筈がない。「遁走」ではなく「放浪」だったことは、すでに述べた。

橋本は南方に下った彼を「〈見者〉ランボー」とするが、詩を捨てた彼に〈見者〉はすでになかった。「自己破壊の捨身」などどこから捻り出してきたものやら。彼のアフリカ書簡を読めば、自己破壊などたわごとであることは明々白々である。一八九〇年二月二十五日、ハラルから母と妹宛の手紙。「……僕はやり方に人間味があるということで、この土地や街道筋ではみんなからかなり尊敬されています。僕は一度だって人に悪いことをしたことがありません。それどころか機会があれば少しばかり善根を施しており、それが僕の唯一の楽しみでもあります。」(中村徳泰訳)一般的善人になろうとしている彼がいるだけである。

アフリカのハラルには、結構長い間定着している。「遁走の情熱」などかけらもない。探検家への憧れはあったが、機会はなかった。こつこつ金を貯めて銃売りやキャラバンで大儲けを試みたが、いろいろな障害が生じて徒労に終わった。でも最後には、銀行に預けることも適わぬ大金を腹に巻いていた用心深いランボーがいた。

18　中地義和のランボー

架空の自画像を描く運動

「詩人ランボーの基本には、自分を他に見立てる想像力があります。彼の詩はしばしば、別様に見た自分を起点に動きはじめます。これを架空の自画像を描く運動として捉える発想が、本セミナーの動機です」と、中地義和は『ランボー／自画像の詩学』岩波書店、二〇〇五年刊に書いた。岩波セミナーのテキストに加筆したもの。また『ランボー／精霊と道化のあいだ』青土社、一九九六年刊があり、平井啓之・湯浅博雄・中地義和訳『ランボー全詩集』青土社、一九九四刊では、「イリュミナシオン」を担当した。

ランボーに「架空の自画像を描く運動」などというものはない。「素顔のランボー」に憑依した「内なる他者」が、「素顔」を駆使して発散した想像力があったのである。中地には、「見者の手紙」にある「私は一人の他者」が理解できていない。中地は「酔いしれた船」に自画像の考案を試みているから、それに絞って稿を進める。

まず「酩酊船／酔いどれ船／酔っぱらった船」などの既訳は、酒による酔いを喚起するから不適当。語調は弱いが「酔いしれた船」が妥当だと言う。慎重ではあるが、詩に合わない。原文 Le《ル》 Bateau《バト》 ivre《イヴル》 は、「酔った船」と単純明快。詩は「酔い痴れた」という正気のなさや忘我の状態のものではない。ランボーという船が、がむしゃらに社会という海に挑んで、船の解体も恐れずにパリを目指す話である。

中地は、この詩は時間構造もユニークで、「彼の冒険譚は過去のある時点（船出）から語り手の現在に向かって、過去時制の動詞とともに展開されます。そしてその物語が現在形の語りに転じる瞬間、つまり語られる体験が語る行為に追いつく瞬間に、冒険放棄の意向が表明されるドラマティックな構造が作られています」と言う。おかしな時間解釈。中地訳の詩に入る。

四つの局面から成る冒険譚

悠然として動じない〈河〉から〈河〉を下るうち
ふと気づけば、もう曳き船人夫に導かれていなかった。
わめきたてる〈赤肌ども〉が奴らを的に捕まえて
色とりどりの杭に裸で釘付けにしていた

〈一連〉

フランドルの麦船か、イギリスの綿船か
乗員のことなどぼくにはまるで気にならなかった。

曳き船人夫が殺されて騒ぎが鎮まると
〈河〉は望むところにぼくを下らせてくれたのだ。

〈二連〉

狂おしく荒れ騒ぐ波のただなかを
先の冬、子供たちの脳髄よりもかたくなに
ぼくは駆けた！　舫《もや》い綱を解いた半島も
あれほど圧倒的な混沌を身に被りはしなかった。

〈三連〉

肩点は私。「酔いしれた船」は四つの局面から成る冒険譚として捉え、船出から大海へ乗り出すまでの一～七連を〈序奏〉とする。全容に触れ得ないので、主要な箇所のみ取り上げ、中地の解説も文意を枉げず圧縮して進める。

　船の冒険は河を下って大海に乗り出すところから始まります。〈赤肌〉は一九世紀の北米インディアンの俗称。赤肌の登場は、出発点が北米大陸である証拠です。「曳き船人夫」は船を陶酔へ導く司祭です。司祭たちは綱で統御しながら船の勝手は動きを許しません。「悠然として動じない河」も船の躍動性を抑圧。船が自由を得るには綱を断ち切らねばなりません。〈赤肌〉はその解放をもたらす暴力の乱入なのです。

二連の「乗員」とは「曳き船人夫」のこと。彼らが殺されて船を操る者がいなくなり、商業船の役割からも解放されて純粋に冒険に身を任せることができます。この河下りは、自分を養ってくれた陸の安寧と訣別して、躍動的で危険な海の世界に身を投じる通過儀礼的プロセスなのです。

三連からは通過儀礼の第二段階。船の陶酔の源泉は、海に体現される自然の力をひらすら被ること。陸との絆を完全に断ち切った自分を称揚することです。「舫い綱を解いた半島」も自分のことです。

他の研究者が詩の裾野を低迷する中で、中地は詩に分け入ってはいる。シャトーブリアンの小説『ナッチェス族』には、さまざまな色塗りの一本の杭に一匹のリスが綱で片足をつながれ矢で射止められる場面があり、証拠に持ち出している。見当違いも甚だしい。まず中地は、この詩がどのような心境下で書かれたものかの考察がない。これはヴェルレーヌからパリに出てこいとの返信を受け、一八七一年九月一〇日ごろ一気に書き上げたもの。翌一一日にはドラエーに読んで聞かせ、一二日にパリ上京の筈である。

一連。これは「過去のある時点」でも「北米大陸」でもない。パリ上京を目指すシャルルヴィルからの船出である。「〈河〉から〈河〉へ下る」のではない。詩という「大河」を下るのだ。「曳き船人夫」は、詩を導いてくれたイザンバールとドメニーの二先輩。パリ上京が決まって、二先輩は不要となった。「赤肌」は彼に憑依した「内なる他者」の獣的荒々しさ。「わめきたてる〈赤肌ども〉」の原文は、Des《デ》 Peaux《ポ》-Rouges《ルウジュ》 criards《クリイアル》 で、「かん高い赤肌たち」と訳すほうが文脈に適う。二先輩に「見者の手紙」を突き付け、「杭に釘付け」たように黙らせたのだった。「見者の手紙」は、美・道徳・価値の転倒を目指す「内なる他者」の思想。

二連。フランドルやイギリスの具体名は目眩まし。あれはしっかりした輸送船、転じてヴェルレーヌという詩人の暗喩。「乗員」は彼の詩の仲間。どんな仲間がいるかなど、「まるで気にならなかった」のである。乗員＝曳き船人夫など有り得ず、「殺されて騒ぎが鎮まると」など自分の解釈のための勝手な意訳。平井啓之訳は「こうした騒ぎが終わったとき」である。騒ぎとは、二先輩や母がパリ行きを阻止、ランボーがパリ上京を突っ張った諍《いさか》い。ヴェルレーヌのＯＫでそれも鎮まり、詩の大河は自在に自分を下らせてくれた、となる。

三連。「狂おしく荒れ騒ぐ波」は、普仏戦争敗北、帝政崩壊、第三共和政樹立、パリ・コミューン蜂起と崩壊と続いた激動である。通過儀礼などのちょろいことではない。「先の冬」は七〇年の冬。そのころより詩人になる思いが強まり、子供らの頭より聞きわけもなく「駆けた！」。「舫い綱を解いた半島」は、拘束などない自由人のこと。ランボーのことではない。「あれほど圧倒的な混沌を身に被りはしなかった」は、おかしな訳。平井訳は「これほど誇りに満ちた混沌を身に受けたことはなかった」である。自由人たちも、こんな混沌だらけの誇りに満ちた自由を味わったことはないだろう、の意となる。中地の訳の悪さの些末は捨ておく。

「酔いしれた船」が見た幻想

ぼくは知っている、閃光を放って裂ける空を、龍巻を、
それに逆巻く波を、潮流を。ぼくは知っている、夕暮れを、
群れ立つ鳩のように高らかに白む〈夜明け〉を、そして
ぼくは時折見たのだ、人が見たと信じたにすぎないものを。
〈八連〉

ぼくは見た、神秘の恐怖に染まった夕陽が
太古の劇の俳優さながらの
紫に凝固した長い連なりを照らすのを、
波が鎧戸のおののきを遠方に転がしてゆくのを。
〈九連〉

ぼくは追いかけた、いく月にも渡ってだ、けたたましい
牛舎さながら、岩礁に襲いかかる大波を
マリアたちの輝かしい足が息たえだえの大海の鼻面を
ねじ伏せられるなどとは思いもせずに！
〈一一連〉

ぼくは行き当たった、ほんとうさ、人肌をした豹の眼が
花々に混じって光っている信じがたい
フロリダに！　水平線の下方に伸びる手綱のように
青緑色の羊の群れへと張り渡された虹！
〈一二連〉

中地は八連から一四連までを、〈「酔いしれた船」が見た幻想〉として括っている。ここでは一〇連と一三～一四連を省略。一〇連は社会主義革命への幻想と労働者の目覚めの詩意とだけ述べておく。中地は詩意も読めず、詭弁で小難しくし幻想をつまみ並べるのみ。

八連の「ぼくは知っている」とは、「未知なるもの」に達し記憶鮮明な自負と読めます。「知っている」は部分的知識を表す connaitre ではなく、物の実在や性質の完璧な知を強調する savoir を用い、「それに、そして」を多用して口角泡を飛ばすように興奮を掻き立てています。八連は総括で、以下は首句反復《アナフォール》「ぼくは……した」を重ねながら、ヴェルヌの小説より大衆向け雑誌に描かれたような、壮麗で驚異的な奇怪で荒々しい場面のビジョンが展開されます。

冒険の報告者である「船」の知覚には、二つの特徴が見てとれます。第一は知覚の非自足

性とでも呼ぶべき性格です。それは飽くない探索。ある光景を嘆賞しながら、その先にある不可視の仮想的空間を夢見ます。「水平線の下方に伸びる手綱のように／青緑色の羊の群れへと張り渡された虹」がその例です。知覚の先へ牽引してゆく貪欲さが冒険の駆動力をなすが、水平線がたえず後退するように欲望には限りがない。船も航行が出来なくなります。

　第二は目や耳にするものを、他との類似で捉える傾きです。世界を新たな様相で見せようとする類推的想像力の働きが見られます。「群れ立つ鳩のように」、「太古の劇の俳優さながら」、「けたたましい牛舎さながら」といった直喩のほか、「鎧戸のおののき」、「息たえだえの大海の鼻面」といった隠喩もその例です。「ぼくは時折見たのだ、人が見たと信じたにすぎないものを」という謎めいた一句は、他人に見えないものを見たのではなく、現実を別様に見た、それで事物が孕む動性や驚異を余すことなく感得した、という意味と思われます。

詩の肩点は私。解説の肩点は中地。八連は〈船が見た幻想〉の「総括」だと言うが、違う。次に続くイメージへの「前提」である。「おれは知っている」は、稲妻に裂ける空や龍巻、逆巻く波や潮流、喜び舞い上がる海の暁など、海を知らぬ彼は本で知っていたのだ。それを経験した如く並べて、「おれは見たのだ、人が見たと信じたものを」と自信ありげに述べている。それは、海を巡る船乗りたちが語る異様な光景と同様なものを、自分も見たと言って語り出す導入部である。「口角泡を飛ばすような興奮」などは、どこにもない。

九連。おれは見た。不思議な恐怖に染まった落日が、冷たい雲の峰々に映え、紫衣をまとった古代劇役者のように際立たせるのを。それを追慕する波（市民）が、鎧戸のように織りなして遙か沖合まで身震いながら転がるさまを、となる。恐怖に染まった落日は、パリ・コミューンの壊滅を指し、それに映える雲の峰々のような古代劇役者は、コミューンの闘士たち。「紫に凝固した長い連なりを照らすのだ」は悪訳。平井訳は「紫の凝結《こごり》をあざやかに輝かせるのを」とわかりやすい。「波が鎧戸のおののきを……」も悪訳。私が右に述べた詩意である。

一一連。「けたたましい牛舎さながら」は悪訳。平井訳は「ヒステリーの牛の群れさながら」で、パリ・コミューン蜂起の暗喩。「岩礁」もrecifs《レスィフ》ゆえ「暗礁」で、ヴェルサイユ政府の暗喩。おれは幾月も（実際は二か月半）追いかけた。パリ・コミューンがヴェルサイユ政府軍に襲いかかる後を、の詩意になる。

次の原文を直訳すれば、「マリアたちの輝かしい足が、息を切らした大海の鼻面を取り押さえつけようとは思いもよらず」となる。中地の「息たえだえ」は過剰、「ねじ伏せられる」は勝手な意訳。文も「ねじ伏せる」とすべきもの。「マリアたち」は、凪《なぎ》をもたらす太陽と「女王パリ」の両含みの換喩と思われる。権力を打倒しようと襲いかかったコミューンの波も、「女王パリ」を取り戻そうとした市民の思いに押さえつけられるとは考えもしなかった、となる。事実、市民の誘導で政府軍がパリに突入、〈血の一週間〉となってコミューンは壊滅した。

一二連。中地訳は文がめちゃくちゃで最悪。平井訳は「ぼくは行き当った、あの世にも不思議なフロリダ州、／人肌をした豹の眼が花々にまじり合うところ！／何本もの虹が水平線の果ての海緑の家畜を率いるかのごとく、／まるで手綱のようにかかっていた！」である。「フロリダ州」は間違い。「フロリダ」はラテン語で「花いっぱいの」の意。「花の都パリ」のこと。社会を漂流するランボーという船は、魅惑に満ちた花々の都パリに辿り着く。そこにはどん欲な豹の目（悪の群れ）と歓楽の花々が入り交じるところ、と簡潔に言い止めている。

「何本もの虹が」とは、新しい思想。それが近未来の彼方に家畜（労働者）を導くかのように、手綱となってかかっていた、となる。パリには歓楽だけでなく、働くばかりの大衆を救済する思想もあると言ってるのだ。

省略した一三連は、フランスという巨大な沼で巨怪獣《レヴィアタン》（ティエール政府）が腐るのを語っている。一四連は、虫どもにたかられた大蛇（ブルジョワ）が悪臭を放って樹から堕ちる映像。憎悪に駆られたランボーの願望である。これが「ヴェルヌ（『海底二万里』の作者）の小説より大衆向けな奇怪なビジョン」である筈がない。「知覚の非自足性」は言いくるめようとする詭弁であり、知ったかぶりである。

最もドラマティックな瞬間

三つ目の局面は〈倦怠から絶頂へ〉で、一五～二一連を挙げているが、括り自体が的外れゆえ無視。中地解釈で気になる二一～二三連と二四連を掲上。二三連、二五連は省略。

ぼくは五十海里向こうでさかりのついた海獣ベヘモットや
メルシュトルームの渦が唸るのを感じて震えていた。
不動の青海原を永遠に縫ってゆくぼくは、
昔ながらの胸壁の立つヨーロッパが懐かしい！

〈二一連〉

ぼくは見た、星の群島を！　島々が
海行く者にその熱狂的な空を開いてみせるのを。
――あの底なしの夜の中なのか、お前が眠り、
隠れているのは、百万羽の黄金の鳥、未来の〈生気〉よ？

〈二二連〉

もしもぼくがヨーロッパの水を望むとすれば、
風薫る夕まぐれ、悲しみで胸いっぱいの子供が
うずくまり、五月の蝶のようにかぼそい船を放ちやる
黒く冷たい水たまり。

〈二四連〉

二一連の「五十海里」は誤訳。海の話だからの行きすぎ。原文 cinqante《サンカント》 lieues《リウ》 は五〇里、

海里は後にmarine《マリヌ》が付く。五〇里は二〇〇キロ。シャルルヴィル—パリ間の直線距離。

海上を惰性的に進む船を取り巻くのは、荒々しい様相の現実ではなく、完全に幻想世界です。ベヘモットは一三連に登場の巨怪獣《レヴィアタン》とともに旧約「ヨブ記」に出てくるカバに似た怪物だし、二〇連に登場の海馬《ヒュポカムポス》はギリシア神話に出てくる馬の脚と魚の尾を持つ怪物です。メルシュトルームはノルウェー海域の烈しい渦巻きで、かなり知られていた現象です。

二一連の三〜四行は、この詩の展開で最もドラマティックな瞬間を定着している。語られてきた冒険の時間と語り手の現在とが合わさる瞬間であり、船の陶酔を誘ってきた荒海が不動と化した瞬間でもあります。また単調な旅を、永遠に続けて行くことへの忌避が表明される瞬間です。それは、自分の真に求めるものは、どこまで行っても逃れ続けるという見定めの表明とも言えます。そして何よりも、陸が「懐かしい」と口にした瞬間です。

二二連の「見た」とされるのは、船が追い求めてきた視界の彼方です。ここでは星の群れ輝く彼方に、探し求めるものはあるのだろうか、手が届くのだろうか、と懐疑が表明されています。夜空に幻視される「百万羽の黄金の鳥」のビジョンは壮麗極まりないです。これはあくまでも隠喩的イメージであり、眼目は「未来の生気」にあります。追い求めた空間的彼方が時間的彼方に転位され、外部の彼方が内部を支える「生気」に転じています。

二四連は船の陶酔を否定するものです。無限の海原とは対照的な「水たまり」、そして子供の「悲しみ」。船のダイナミズムとは逆の、子供の「うずくまる」姿。水たまりに笹舟を浮かべる子供は、つましい冒険を託すようでもあります。向こう岸へ無事に着いてほしい期待かもしれない。この情景を語る「船」は、「子供」に同化しているものか、「かぼそい船に同化しているものか。両方であるに違いありません。

中地の解説は、愚かな詭弁だらけ。いちいち取り上げるのも無駄。私の解読で斬り捨てる。二一連。おれは五〇里先のパリに盛りづいた獰猛な海獣べヘモット（軍隊）や、ロフォーテン諸島の狭い水路に起きる激しい渦巻きの唸りに震えていた。それはコミューン捕虜四万人余の虐待・虐殺が続いていたことを指している。「不動の青海原」は、彼の頭の中の海。酔った海を演じながら、コミューンを想い、社会主義の未来を期待し、政府やブルジョワを罵倒し、詩壇をせせら笑いながらの、人生予想と挑戦の頭の中の海の旅であった。

「惰性的に進む船」馬鹿な。「冒険の時間と語り手の現在が合わさるドラマティックな瞬間」なんたる詭弁。三〜四行は、頭の海をさ迷い疲れたおれには、ドラエーと語り合ったメジエールの城の胸壁が懐かしい、と言っているものだ。

二二連。訳が悪い。私の直訳を挙げる。「おれは見た。星の群島を、そして島々を。／その途方もない空は、海を行く者に開かれている。／――お前が眠り潜んでいるのは、底なしの夜々のどのあたりか、黄金の一〇〇万の鳥たち、おお、未来の生気よ？」となる。「星の群島」

や「島々」は、星座や星々ではない。星のように仰ぎみるコミューンの群像であり、闘士たち。それを包む天空の思想は、「海を行く者」尋ね行く者には開かれているのだ。

「黄金の一〇〇万の鳥たち」とは、社会主義を実現してくれる未来の子供たちのこと。「未来の生気」であるお前たちよ、いつの時代の底知れぬ闇に眠っているのか？　である。原文は「？」なのに、平井啓之訳は「未来の生気よ！」と感嘆詞にしている。

二四連。おれがヨーロッパに思い残すことがあるとすれば、胸に悲しみ秘めて池にうずくまり、どうしたらいいかわからぬかぼそい舟を胸に浮かべていたからだ。父に捨てられ母子家庭に育った嘆きである。「船の陶酔の否定」ではない。非力な自分の率直な回想である。

二三連は、パリ・コミューンの推移に一喜一憂し、涙した。この世を新しくすることは、日々むごく苦く胸を抉る。闘士たちの信念はしびれるほどの愛だった。自分も身を投じたかった。死んでも構わなかった、の詩意。二五連は、おお波（世間）よ、漂流のけだるさに浸ったおれには、運搬船（詩人）の航跡を追うことも、翻る旗や炎（権力）の傲りを横切る気力もない。囚人船（ブルターニュ半島沖の二五隻の船）の眼下をよぎることも怖ろしい、の詩意。

中地は、二二〜二五連にランボーの「自画像」を読み取ったつもりでいる。ランボーにもこの詩にも、自分を顧みる自己陶酔などはない。既成の美・道徳・価値の転倒を目指す「見者の詩学」があるのみ。

19　鈴村和成のランボー

本当に彼は詩と訣別したか

「ランボーの書いたものは、韻文詩、散文詩、書簡に類別される。詩は小冊子に収まる量だが、書簡は約二十五通の文学ものと、約一八〇通のアラビア・アフリカ書簡がある。二十歳で詩を棄てた男の手紙だが、そこには汲み尽くせない魅力がある。」と鈴村は書いている。文は圧縮した。『ランボー、砂漠を行く』岩波書店、二〇〇〇年刊、Ⅰ章の冒頭である。序章からⅫ章にわたる内容だが、Ⅰ章のみで鈴村のランボーを見ていく。

「家族宛のアフリカの手紙など読まぬほうがいい」という詩人ボヌフォアの言がある中で、とくにアフリカ書簡にこだわり続けたのは鈴村唯一人。その書簡を追いながら、ランボーは本当に詩と訣別したのかを突き詰めようとした。『ランボ自身が詩篇の多くを手紙に書いて送ったことを考えると、彼の書いたものを詩作品と手紙に区別するのは評者の恣意的判断によるのでは、という疑問も生じる。「見者の手紙」も書簡で、そこには何篇もの韻文詩が挿入されていた』とし、次の文に続く。

ブルトンが高評した「夢」

とりわけ「夢」という詩の挿入された一八七五年十月十四日付の友人ドラエイ宛の書簡などは、詩と書簡の識別がもっとも困難な事例だろう。（中略）「夢」は従来ランボー作品とは認められなかったが、これを詩人の「極点」に位置する作品と高く評価するアンドレ・ブルトンが現われて以来、詩集の末尾に置かれることが多くなったという経緯があるからである。（中略）「夢」という詩は次の通り。

《兵舎じゃ腹ぺこ──／まったくよ……／湧き出ちゃ爆発、一人の魔物が現われて──／「僕ア、グリュエール・チーズなのよ！」／ルフェーブルの言うにゃ、「僕ア、ケレールなのよ！」／魔物が言うにゃ、「僕ア、ブリ・チーズなのよ！」／兵士らパン切り、／「こいつァ人生！」／魔物が言うにゃ、「僕ア、ロックフォール・チーズなのよ！」／「そりゃまた、たまげた！……／「僕ア、グリュエール・チーズなのよ」／ブリ・チーズなのよ！……とかなんとか。／ワルツ／おれたち一緒、ルフェーブルとおれ、とかなんとか》

詩句について補足。génie《ジェニ》を「魔物」としているが「精霊」訳のほうが妥当。「グリュエール、ブリ、ロックフォール」はともにチーズの産地。「ルフェーブル」はランボーが住んでいたシャルルヴィルの大家の息子。ランボーはその息子にドイツ語を教えていた。「ケレール」はカトリック王党派のリーダーの一人で代議士、三年間の義務兵役を主張していた。平井啓之ほか共訳『ランボー全詩集』の書簡の註記より。

鈴村の認識がおかしい。ドラエー宛が「詩と書簡の識別がもっとも困難な事例」とは、詩と地の文の識別が出来にくいということだ。鈴村はブルトン評があり、「夢」を詩と認めている。地の文は、ヴェルレーヌからの局留便の件、十一月三日に自分に召集がくる筈だの気がかりな思い（詩はその思い）、大学資格入試の学科は何々か教えてくれの件。地の文は、用件が明快であいまいさはなく、詩のような余韻はない。

ブルトンが「夢」を「極点」と高評したのは、シュールレアリスムの「心理的オートマチズム（自動筆記法）により想像力の解放を求めた作品」と見なしたからだ。詩意など知ろうとせず、チーズを並べたナンセンスな世界とでも見たのだろう。私は他の作品に比して、「夢」をランボー詩とは見なさない。だが意味も余韻もある擬似詩ではある。しかし終助詞「なのよ」の女々しい鈴村訳はひどすぎる。また「湧き出ちゃ爆発」は、辞書より直訳すれば「臭気の爆発」であり、「二人の魔物」も「一つの精霊」が妥当。詩の追込み書きは鈴村。

含意不明な地方産チーズ

原文に添い詩句を手直しながら文意に迫ってみる。「兵舎の部屋では兵隊たちは腹ぺこ――

／本当だとも……」は、兵隊に取られちゃ心の充足など出来ない、本当さ、とまず吐露。「臭気の爆発」は、やりきれぬ思いの爆発だろう。「精霊」は「内なる他者」。すでに消滅し不在だが、あえて登場させている。「精霊は言う――／俺はグリュエール・チーズだ！――／ルフェーヴルは言う、僕はケレールだ！」は、前者がスイスのグリュエール地方産の丸い穴のあいた固いチーズ。後者は大家の息子の「ケレール」肯定だろう。三年間の義務兵役を望む者もいたのだ。チーズも単なるチーズではあるまい。だが何を象徴しているかは読めない。

「精霊は言う、俺はブリ・チーズだ！――／兵隊たちはパン切りながら／これが人生だ！」は、前者がパリ盆地東部ブリ地方産のチーズ。後者は兵隊たちのこれは逃れられない人生ってもんだ、という諦観だろう。「精霊が言う、俺はロックフォール・チーズだ！／――そいつは命にかかわるぞ！……」は、前者はフランス南部モンペリエ近郊のロックフォール地方産の羊乳製青かび入りチーズ。後者は mort《モル》! 死の意の語があり、「命にかかわる」の訳が妥当。そして詩意に深みを与えている。「青かび入りチーズ」は命を危うくしない。兵隊に召集される思いの、軍隊は死に行く場所の含みがあるのだと思われる。

「俺はグリュエール・チーズだ／ブリ・チーズだ……などなど」の執拗な繰り返しがあって、次は一行あき、そして valse《ヴァルス》 の小見出しがある。英語の「ワルツ」であり、「めまぐるしい変動」の意もある。「俺たちは一緒にされた、ルフェーブルと俺、などなど」で終わる。訳者たちはみな「ワルツ」だが、詩を眺めていると「めまぐるしい変動」のほうが文意に適いそうにも思われる。「俺たちは一緒にされた」とは、兵隊に行きたがるルフェーブルと、兵隊嫌いな俺が一緒くたにされた、の意だろう。誰に？　行頭にOn《オン》人々はの意。だが特定は出来ない。地方産チーズは暗喩ではない。だが含意はあるのだろう。でも読み取れなかった。詩は十一月三日の召集令状が気がかりで、うさ晴らしで書いたもの。ブルトンが高評したような上等のものではない。鈴村もこの詩には「詩と詩でないものが混在している」と書いている。

『イリュミナシオン』は断片か

アンドレ・ギュイヨーは『イリュミナシオン』について、断片《フラグメント》という考え方を打ち出した。フラグメントという概念が意味深いのは、彼がフラグメントに「文学」を逸脱する動機を見ている点だろう。フラグメントは作品や散文詩と異なり、作者の創るという意図の関与する範囲があたう限り少ない。それは纏められるというより、散逸する傾向を持つ。その意味で書簡や日記のような発表を目的としない、文学の範疇に属さないテクストになる。それ自身としては未完と完結の宙吊り状態に置かれていて、これを作品として完結させるのは、もっぱら読み手の裁量にゆだねられている。

この論考を読んですぐ気づくことは、ギュイヨーが『イリュミナシオン』について述べた理論が、アフリカ書簡にそのまま当てはまるということである。フラグメントという概念を導入したときから、『イリュミナシオン』とその後の書簡を区別する積極的な理由はなくなる。

文は冗漫ゆえ、要点を繫いで主意を簡潔にした。ランボー詩が何も読めていないギュイヨーが『イリュミナシオン』の印象を「断片」の寄せ集めとして括った。わが意を得たりの鈴村が、『イリュミナシオン』と散文の書簡の区別はつけがたい、と拡大解釈している。『イリュミナシオン』には「断片」と呼べるものは三か所ある。「美しき存在／×××」の後者、「断章」の三篇、「国立図書館所蔵の無題の五つの断片」である。四行の「出発」もあるが、断片ではない。明快な詩意を持つ。「少年期」や「青春」の長詩もある。

私は『「イリュミナシオン」解読』を刊行し、全四二篇の作品に分け入った。「文学の範疇に属さないテクスト」の知ったかぶりは、ランボー詩に半歩も入れぬ鈴村の愚かな断定である。「断章」の三篇もそれぞれ独自の詩意があり、完結している。「未完と完結の宙吊り状態に置かれて」などいない。詩には一言の言及もせず「断片」という概念だけを突ついて、「作者の創るという意図の関与する範囲があたう限り少ない」などと宣う心臓には、スカンクの毛でも生えているのだろう。破廉恥も甚だしい。

『イリュミナシオン』とアフリカ書簡を「区別する積極的な理由はなくなる」も、「フラグメント」は、韻文詩、散文詩、散文、書簡というジャンルを廃棄するように機能するからである」

と、「断片」の概念からしか述べていない。ランボー詩を理解できない人でも、『イリュミナシオン』と「アフリカ書簡」を同一視する人はおるまい。鈴村のはアフリカ書簡にもランボー詩の名残を読み取ろうとする、偏執狂のこだわりである。生きて食うためにアルプスを越えたランボーに、彼を詩に掻き立て詩人にさせた「内なる他者」は、すでに消滅していた。アフリカ書簡に詩の名残などあろう筈がないのに、鈴村には「内なる他者」は読めていない。

肉親を友たちと呼ぶのはなぜ

アデン、一八八〇年八月十七日／親しき友たちに

二か月ぐらい前に、会計係と技師を相手に口論して、四百フラン持ってキプロスを離れました。留まっていれば、数か月でよい地位に就けたでしょう。とは言っても、戻る気なら戻ることはできます。

私は紅海の港という港に仕事を求めて廻りました。ジェッダ、スアキン、マサウアー、ホデイダ、等々。アビシニアで何か仕事はないかと試みた後、当地にやって来ました。着くなり病気でした。コーヒー商人の店に雇われていますが、まだ七フランもらっただけです。数百フラン稼いだら、ザンジバルに発つつもりです。あそこには、人の話では仕事があるそうですから。

お便りを下さい。　　　　　ランボー

これは二十五歳のランボーが、アラビア半島の最南端の町アデンから最初に出した手紙である。宛先「親しき友たちに」と複数になっているが、妹イザベルも含むとはいえ、内容から見て母親ヴィタリーであることは否定できない。

ところで、アルチュールが肉親をamis《アミ》と呼ぶのはなぜだろうか？　そこで思い出されるのが、彼は『地獄の季節』の終章「訣別」で、「だが友の手などはない！　救いをどこに求めよう？」、あるいはまた、「友の手について何を語ったか！　ありがたいことに、昔の偽りの愛を笑ってやり、あの嘘つきのカップルどもに赤恥をかかせてやることができるのだ」と、「友」という言葉に特別なニュアンスを持たせて使ったことである。

『季節』における「友」に、序詩で「親愛なるサタン」と呼びかけられ、「これらの地獄堕ちの無惨な手帖の何枚か、ちぎって進呈しよう」と、この散文詩集を献呈されているヴェルレーヌが想定されることは、とりあえず否定する必要はないだろう。

手紙は母と妹の家族宛だが、母が主である。母ヴィタリーは、早く有望な職に着いて家の助けになってくれ、が願望だった。留まっていればよい地位につけたも、紅海の港を仕事を求めて廻ったも、アビシニア（エチオピアの古称）に行くつもりも、数百万稼いだらザンジバルにも、母の願いへのランボーの心づもりであり、経緯報告である。雇われたコーヒー商人の店から、アフリカへ渡ることにもなって行った。地位や金にこだわる彼に、詩人ランボーはかけらもない。手紙は用件を伝えるもの。言いたいことは満たしていて、「断片」という半端なものではない。詩の名残の余韻などはどこにもない。なんとも情けない鈴村の判断力。

次に「肉親を amis《アミ》（友たち）」と呼ぶ疑問から、詩の中の「友」に転移して「特別なニュアンス」を掴んだつもりになっている。肉親を「親しき友たち」と呼んだのは、照れかくしのランボーの愛と思われる。ヴェルレーヌと訣別して以来、「親しき友」はいなかった。

『地獄の季節』の「訣別」の詩句「だが友の手などはない！　救いをどこに求めよう？」は、ヴェルレーヌと訣別した後、私を支援してくれる友などどこにもいない、という詩意のもの。「友の手について何を語ったか！　ありがたいことに、昔の偽りの愛を笑ってやり」は、私を支援してくれた「友の手」ヴェルレーヌとの関係は一体なんだったのだ！　という自問である。幸いなことに彼ら夫妻の肉欲の愛を笑ってやることも、赤恥をかかせてやることもできると続くものだ。詩意が明確に異なるのに「特別なニュアンス」としか汲み取れない。

『地獄の季節』の「序詩」は始めに置かれているが、八篇の詩を書いた後の最後に書かれたものであり、「内なる他者」の思いのたけがぶちまけられたものである。「親愛なるサタン」と呼ばれているは、「内なる他者」の分身であり、「友」に呼びかけられる存在などではない。「これらの地獄堕ちの無惨な手帖の何枚か……」とは、『地獄』の八篇の詩のこと。「素顔のランボー」と「内なる他者」が激しく対決した無惨な地獄絵図を、お望みなら見せてやってもいいぜ、というふてぶてしい誘惑である。

『地獄の季節』は刊行予定で印刷され、見本一三部ほどを受け取り、一部は獄中のヴェルレーヌに献じた。金を払わないため、本は印刷所のお蔵入り。この詩集はヴェルレーヌに「進呈しよう」と書かれたものではない。「素顔」と「他者」の葛藤としてがむしゃらに書き上げられたものであり、前代未聞の詩である。既成の美学をぶち破るものゆえ、印刷までしてフランス詩壇に挑戦しようとしたものだった。

姿をくらますことを意図

八月十七日の手紙では、彼は紅海沿岸を転々としてアデンに着いたことを報せている。受け取った母親は安心しただろうか？　いや、かえって不安を覚えただろう。手紙が母親に届いたころ、アルチュールはもうそこにはいなかったかもしれない。

旅に明け暮れる彼は、頻繁に居どころを変えることにより自分の姿をくらますことを意図していたのかもしれない。「俺は隠されている、そして隠されていない」（『地獄の季節』「地獄の夜」）、あるいは「おそらく俺を見た者はいなかったのだ」（同「悪い血」）——そんなふうにアデンやハラルのランボーはつぶやいていたのかもしれない。

アフリカ書簡を読むに際しては、いつでも母親を向こうに見なければならないのではないか？　怪物のような母親と、怪物のような息子がつくる奇怪なカップル。そこには敬虔なカトリック教徒の妹イザベルの影も落ちている。アラビア半島の南端の町アデンと、フランスの北の町ローシュの間に開く、膨大な距離によってかろうじて保たれたカップル。たとえこのカップルが『季節』の「訣別」の末尾にあるように、やがて「嘘つきのカップルども」として遺棄されることになるとしても——。

鈴村の文は、やたら「のかもしれない」の仮定形で些末なところに分け入り、何かを解き明かしたつもりなっている。そして辻褄を合わせるかのように、適宜出鱈目に詩句を挿入している。所詮わからぬ受け手の母親の心理、頻繁な移動で姿をくらます彼の意図、「俺は隠されている、そして隠されていない」と関連づけている。仕事を探す移動中に「姿をくらます意図」など抱く筈がない。犯罪者の逃亡ではないのだ。

「俺は隠されている……」は訳が悪い。「ここには誰もいない、かつまた誰かがいるのだ」（湯浅博雄訳）である。ランボーに憑依した「内なる他者」の存在を明かしている箇所である。職探しに南下したランボーに「他者」はすでに消滅していた。「おそらく俺を見た者は……」は「悪い血」五連前半にある詩句。パンも着替えもなく凍えて街道をさすらう自分を、道行く人たちは見向きもしなかったのだ、という詩意のもの。これは三度目の出奔でパリに行き、六日かけて徒歩で郷里に辿り着いたときのことである。それらのことをランボーが、アデンやハラルで呟くわけがない。

怪物のような母親と息子

鈴村が本の末尾に掲げた「ランボー書簡年譜」は、丹念にまとめられていて労作である。それによれば、アラビア・アフリカ書簡は一七七通あり、後半は他者が多くなるが、大半は家族宛、母宛である。アフリカ書簡の向こう側に母親の存在を見なければ、ということは言わずもがなのこと。ただ「怪物のような母親と息子の奇怪なカップル」との把握は、ランボーが詩人になろうあがいていた一八七一年ごろの二人の対立関係の思い込みを、引きずったままの認識である。「内なる他者」が消滅した後は、「素顔のランボー」に戻ったのであり、母の願いに報いようとする存在になっていた。手紙を一つ挙げておく。

ハラル、一八八一年五月二十五日

拝啓　母上、五月五日付のお手紙拝受、再び元気を回復して、ゆっくり休息することが出来るようになった由、嬉しく思います。あなたの年齢で、なお働かねばならないとしたら、不幸なことです。さてさて、この僕ときたら、少しも生命が惜しくありません。今こうして生きているのは、疲れて、しようことなしに生きてるだけです。(以下省略)

『ランボー全集』の中村徳泰訳より。アデンよりアフリカのハラルのバルデー商会代理店勤務となったころのものである。ここには「怪奇なる母親・息子」はともにいない。郷里とアフリカとの距離によって、「かろうじて保たれたカップル」である筈もない。加えてこのカップルが、『「嘘つきのカップル」として遺棄されることになるとしても』と突き放している。誰に遺棄？　それは世間からしかあるまい。『地獄の季節』の「訣別」にある「嘘つきのカップルども」は、ヴェルレーヌ夫妻のことである。ランボー親子がどう「嘘つきのカップル」なのかは説明がない。世間に「遺棄」されるどころか、死後は世間から天才ともてはやされ、立派な墓まで建てられたことは、三〇年余もかけて本を出した鈴村が知らぬ筈がない。

鈴村は「追き書」で、「いつ彼は沈黙したか？」を追い、『イリュミナシオン』から「アフリカ書簡」に至った由。しかし詩をやめた「神秘な日付」は、おびたたしい手紙の中にも見出すすべはなかったという。「言うならばランボーはアフリカ書簡の一通毎に詩の放棄を行っているのだった。そこに詩があるとするなら、砂漠に風が描き出す風紋に似たものだったろう」と、自分の思い込みの未収穫をぼかしている。

ランボーが詩をやめた「神秘な日付」などあるわけがない。「夢」が挿入されたドラエー宛の手紙を、「詩と書簡の識別がもっとも困難」と断定したところから鈴村の迷走が始まり、「書簡の一通毎に詩の放棄」のぶざまをさらけ出している。用件のみの手紙から「風紋に似た」詩のようなものが……とは女々しい未練。

「夢」入り手紙と同年の二月、ランボーはシュツットガルトに訪ねてきたヴェルレーヌに、『イリュミナシオン』の原稿を託し、ヌーボーに印刷してくれるよう渡してくれと頼んだ。この詩集のような詩は、「内なる他者」消滅のため書けなくなっていたし、書く気配も見えない。四月末にはアルプス越えでミラノに入り、病いに倒れて郷里に追い返される。この時点で詩とはぷっつり切れていた。鈴村の「神秘な日付」探しは、無いものねだり。

20　新城善雄のランボー

中断文学「イリュミナシヨン」

『コールサック』84号の書評で、竹森絵美さんが『「イリュミナシオン」解読』を激賞してくれた。文末に「彼（尾崎）は『ランボー母音機械』『ランボー五つの星』『ランボー宇宙音楽、沈黙』の新城善雄に続く旗手かもしれない」とあった。暮れに積んどく本を片付けていたら、『ランボー宇宙音楽、沈黙』が出てきた。神田で漁った古書の一つ。奇妙な論理と映像を重ねて、感性だけで書いた眉唾もの。語るに値せず。だが「詩人と詩を結びつけることには懐疑的である」竹森にとっては、ランボー論の旗手となるようだ。

副題は「イリュミナシヨンと〈夢〉」とあり、私の『「イリュミナシオン」解読』と比較しやすいのが幸い。少し摘まんでみる。「中断の文学があるとすれば、《イリュミナシヨン》をおいてほかにあるまい」とし、最初の「大洪水の後」に触れている。

それというのも大洪水が引いてしまってからは、――おお　埋もれゆく宝石たち、ひらいた花たち！　――それはもうアンニュイなのだ！　そして女王、陶器の壺のなかで燠火をおこしているあの魔女は、彼女が知っていて、わたしたちが知らないことを、けっしてわたしたちに語ろうとはしないだろう。

《イリュミナシヨン》は話を中断する話だということをこれほどよく伝えている沈黙はない。大洪水の話がある。《地獄の一季節》続篇物語であるがそれは中断されている。大洪水が引いてしまってからの話がある。《イリュミナシヨン》の新しい話に違いないが、それは秘密を守る女王の魔女の沈黙によって中断されている。いずれにせよ、語り―中断によって《イリュミナシヨン》は始まっている。〈大洪水のヴィジョンがおさまるとすぐ〉野ウサギ、宝石、花、海、血、乳、ビーバー、酒場、子供、＊＊＊夫人、隊商、極地、砂漠、果樹園、大樹林、……の話が次々と開始されて、次々と中断された。扉がぱたんと鳴って――がらりと話が変る中断……〈わたしたちが知らないこと〉の一切を残したままにしておく不思議な話の中断……〈けっしてわたしたちに語ろうとはしないだろう〉と話を沈黙する中断……不可解な沈黙だ。（中略）いや、この語り―沈黙がすでにきわめて重要な話を打ち明けている。わたしたちの知らない秘密があるということと、その秘密を握っているのは女王の魔女だということである。

肩点は新城。地の文は極力ひらがなを漢字にし、詩句の括りは《 》を〈 〉に変更。文の冗漫さは詰めた。詩がなんにも読めておらず、「イリュミナシオン」全体が「話を中断する話」とは、話がぶつぶつに切れて話にならないということだ。散文でもあるまいし、詩に飛躍や転調や暗喩のあるのは当然のこと。特にランボー詩には顕著である。

まず「大洪水」はパリ・コミューンの暗喩。「引いてしまってから」はコミューン壊滅後の平常に戻った状態。「埋もれゆく宝石たち、ひらいた花たち」は、権力の追跡から亡命した闘士たち、変革に目覚めた女性たち。「それはもうアンニュイなのだ」は、それら人々が姿を消した後は日々が退屈なのだということ。「女王の魔女の」と一緒くたにしているが、「女王」は「女王パリ」、「魔女」はキリスト教に異端と否定された悪魔の仲間。その二者はパリ・コミューンの経緯《いきさつ》を知っていながら、私たちの知らないことを決して語ってくれないとの詩意。

中断・沈黙などどこにもない。女王パリと魔女への無いものねだりは、コミューンを追慕するランボーの愚痴である。女王パリや魔女が「秘密を握ったり」する存在でないこともわかっていない。「話を沈黙する中断」とは無知の理屈。また「大洪水の後」は『地獄の一季節』の「続篇物語」でそれも中断されていると言う。三冊もランボー論を書いたにしては、何も調べていない証し。「大洪水」は、ヴェルレーヌとロンドンへ渡った見者行の最初の詩。『地獄』は、ピストル事件後ヴェルレーヌと訣別して一気に書いたもの。前者が後者の「続篇物語」である筈もない。いちいち反論するのも阿呆らしい。

橋は平行宇宙の循環運動

おそらく一切は孤立してはいない。埋もれゆく宝石、揺れていた斜面、降りゆく大聖堂、昇りゆく湖、躍りあがってゆく焔の草原、引き寄せられる薔薇、上昇してきて交差する水晶の大通り……これらの一切はおそらく孤立してはいない。これらの奇妙なデッサン、そして〈橋の奇妙なデッサン〉にはハーモニーが感じられるのだ。〈水晶の灰色の空。橋の奇妙なデッサン。こちらの橋はまっすぐで、あちらの橋はそりかえる、他の橋は最初の橋の上に下降したり、いろいろな角度で斜行したりする、これらの図形は運河の明るく照らされた他の屈折のなかでくりかえされている、しかしすべてはとても長く軽やかなので、円屋根を載せた両岸は低くなり小さくなってゆく。〉

《橋》

橋のすべては運動であると、直線を、湾曲を、下降を、斜行をくりかえす、とても長くて軽やかな運動であると感じられよう。運動する宝石、斜面、大聖堂、湖、焔の草原、薔薇、水晶の大通りとともに感じとるならば、これらの一切は、大いなる母なる町の明るく照らされた他の屈折のなかでくりかえされる回転運動なのである。橋の奇妙なデッサン、橋の図形、橋の屈折は、大いなる母なる町の渦巻運動を描いているのである。だがそれにしても〈これらの橋のいくつかはまだあばら屋を載せている〉のはどういうわけか。父なる故郷は崩壊している！　橋は平行宇宙の循環運動——《少年時》の故郷を〈あばら屋〉に崩壊させたまま載せてゆく途方もない力の運動なのだ。そして、平凡な装飾の広間の両端から、ハーモニーのある立面図が結び合わさるように故郷の街の平凡な、きわめて平凡な、〈旗竿や信号機やもろい欄干をささえている〉この橋からハーモニーのある運動がくりかえされてゆくのである。

読むほどのものではないので通読していない。詩集一四番目の「橋」が眼に付いたので取り上げる。暗喩の最も厳しい詩をどう解釈しているものやら？　やはりランボーの幻術に翻弄されていた。まず「橋」が何の暗喩かが見えていない。前節で「イリュミナシヨンは中断の文学」と言っておきながら、ここでは「宝石、斜面、大聖堂、湖、焔の草原、蕎麦、水晶の大通り……これらの一切はおそらく孤立してはいない。これらの奇妙なデッサン」と括っている。羅列している詩句は他の詩の断片で、「奇妙なデッサン」として関連し合っているものだと解釈している。羅列詩句は奇妙なデッサンではない。「橋」にある奇妙な錯乱はないのだ。

「水晶の灰色の空」は比喩矛盾だが、訳のまずさゆえ捨てておく。橋は、まっすぐなもの、反り返ったもの、下降するもの、斜行するものが「運河の明るく照らされた他の屈折（屈曲部）のなかでくりかえされている。」加えて「あまりに長くて軽いので」の詩句もある。これは時空を貫く橋であり、橋の架かる「運河」は歴史となる。歴史の「明るく照らされた屈曲部」とは、くっきりとあらわな戦争や革命である。そのたびごとに繰り返されてきたのは、人々をより良い世界に導こうとする「思想の橋」となるのは明らか。

羅列詩句と「ともに感じとるならば、これらの一切は、大いなる母なる町の明るく照らされた他の屈折のなかでくりかえされる回転運動なのである」と言い、「大いなる母なる町の渦巻運動」とも言う。「明るく照らされた他の屈折」は、詩句のままゆえ理解できぬまま織り込んでいる。羅列詩句も「大いなる母なる町」も、「橋」とはなんの関係もない。「回転」も「渦巻」も同様のもの。その「運動」自体も何をもたらすものやら。

続いて「これらの橋のいくつかはあばら屋を載せている」がわからないと匙を投げ、「父なる故郷は崩壊している!」と勝手な断定をおっかぶせている。訳が悪い。「これらの中にはまだ廃屋の任務を帯びたものもある」とすべきもの。コミューンが壊滅してもその思想を担っていく責務を帯びた者もいるの意である。所詮すべてが理解不能の論者に、今更何をだが。

「橋は平行宇宙の循環運動」とは呆れる。橋も宇宙も「循環運動」などしない。「平行宇宙」なども存在しない。言語矛盾を常時犯す狂った頭にのみ存在するのだろう。続く「《少年時》の故郷を……」の文も、詩句に添おうとしての幼稚な解釈で、意味を成していない。「平凡な装飾の広間……」以下の誤読も話にならない。

新城のランボー理解度を摘まんだが予想どおり。「ランボー宇宙音楽」のほか「宇宙音楽殺人事件」の言葉もあるが、感覚でしか捉えていない情けないランボー論だった。

参考文献

『小林秀雄全作品1／ランボオⅠ』新潮社、二〇〇二年刊
『小林秀雄全作品2／ランボオⅡ』新潮社、二〇〇二年刊
中原中也訳『ランボオ詩集』野田書房、一九三七年刊
西条八十『アルチュール・ランボオ研究』中央公論社、一九六七年刊
飯島耕一『ランボー以後』小沢書店、一九七五年刊
粟津則雄編『ランボオの世界』青土社、一九七二年刊
粟津則雄訳『ランボオ全作品集』思潮社、一九六五年刊
粟津則雄『アルチュール・ランボオ』ＮＨＫ、一九七三年刊
粟津則雄『見者ランボー』思潮社、二〇一〇年刊
井上究一郎『アルチュール・ランボーの「美しき存在」』筑摩書房、一九九二年刊
平井啓之『ランボオからサルトルへ』弘文社、一九五八年刊
平井啓之・湯浅博雄・中地義和『ランボー全詩集』青土社、一九九四年刊
竹内健『ランボーの沈黙』紀伊國屋書店、一九七〇年刊

湯浅博雄『ランボー論』思潮社、一九九九年刊
中地義和『ランボー／精霊と道化のあいだ』青土社、一九九六年刊
中地義和『ランボー／自画像の詩学』岩波書店、二〇〇五年刊
鈴村和成訳『イリュミナシオン』思潮社、一九九二年刊
鈴村和成『ランボー、砂漠を行く』岩波書店、二〇〇〇年刊
新城義雄『ランボー宇宙音楽、沈黙』創樹社、一九九二年刊

＊

小熊秀雄「アルチエル・ランボーに就いて」、『詩精神』前奏社、一九三五年九月発行
埴谷雄高「ラムボオ素描」、『コスモス』コスモス書店、一九四六年九月発行
『文芸読本／中原中也』河出書房新社、一九七六年一一月発行
『文芸読本／ランボー』河出書房新社、一九七七年九月発行
『カイエ／特集アルチュール・ランボオ』冬樹社、一九七八年九月発行

＊

ピエール・プチフィス、中安ちか子・湯浅博雄訳『アルチュール・ランボー』筑摩書房、一九八六年刊
ロラン・ド・ルネヴィル、有田忠郎訳『見者ランボー』国文社、一九七一年刊
宇佐美斉編訳『素顔のランボー』筑摩書房、一九九一年刊

略歴

尾崎寿一郎（おざきじゅいちろう）

一九三〇年二月北海道岩内町生まれ
一九四四年より浦賀船渠株式会社に四年
一九四八年より主に札幌で印刷職人を一四年
一九六二年より東京で編集業務を三八年

＊

一九七三年『過去　現在　未来』刊、自分史の発端
二〇〇四年『逸見猶吉　ウルトラマリンの世界』刊
二〇〇六年『逸見猶吉　火襤褸篇』刊
二〇一一年『ランボー追跡』刊
二〇一一年『詩人　逸見猶吉』刊
二〇一五年『「イリュミナシオン」解読』刊
二〇一六年『ランボーをめぐる諸説』刊

現住所　二六二-〇〇四六　千葉市花見川区花見川一-二七-一〇八

石炭袋

ランボーをめぐる諸説

2016年7月21日初版発行

著者　尾崎寿一郎
発行者　鈴木比佐雄
発行所　株式会社 コールサック社
http://www.coal-sack.com
〒173-0004
東京都板橋区板橋 2-63-4　グローリア初穂板橋 209号室
電話 03-5944-3258　FAX 03-5944-3238
E-mail　suzuki@coal-sack.com
郵便振替　00180-4-741802

印刷管理　株式会社 コールサック社　製作部

◆ 装幀＝杉山静香

ISBN978-4-86435-257-4　C1095　￥2000E